Maté

O AMULETO DA CHUVA

1ª edição

Escarlate

Revisão: Karina Danza e Fernanda A. Umile

Impressão: Rettec
Impresso em março de 2017

Capa: Cartão 300 g
Miolo: Offset 120 g

CIP-BRASIL. CATALOGAÇÃO NA PUBLICAÇÃO
SINDICATO NACIONAL DOS EDITORES DE LIVROS, RJ

M377a

Maté, 1959-
O amuleto da chuva / Texto e ilustração Maté. – 1. ed. – São Paulo : Escarlate, 2017.
120 p. : il. ; 21 cm.

ISBN: 978-85-8382-051-2

1. África - Literatura infantojuvenil. 2. Literatura infantojuvenil brasileira. I. Maté, 1959- (Ilustrador). II. Título.
17-39521 CDD: 028.5
CDU: 087.5

03/02/2017 06/02/2017

Este livro segue o Novo Acordo Ortográfico da Língua Portuguesa.

Rua Mourato Coelho, 1215 (Fundos) – Vila Madalena
CEP: 05417-012
São Paulo – SP – Brasil – Tel./Fax: (11) 3032-7603
www.brinquebook.com.br/escarlate
edescarlate@edescarlate.com.br

À memória
de Lucy e Luzia,
as primeiras Evas.

Há cerca de 12 mil anos, o clima da Terra mudou e o Saara passou a receber as chuvas trazidas pelas monções, transformando-se no "Saara verde", um paraíso banhado por rios e lagos, onde o homem logo se instalou. Pouco se sabe sobre as diversas populações que, durante milênios, prosperaram sobre o enorme território. Elas desapareceram com a desertificação progressiva, migrando, provavelmente, para regiões mais úmidas, como o rio Níger, o lago Chade e o rio Nilo.

Hoje, cercados pelas dunas de areia, os paredões rochosos do maior deserto quente do planeta guardam a prova de como ele já foi densamente habitado. Nesse imenso museu ao ar livre, elefantes, girafas, crocodilos, hipopótamos e muitos outros animais foram imortalizados na pedra por povos caçadores. Pinturas descobertas em antigos abrigos revelam detalhes da vida cotidiana de pastores e seus rebanhos, em cenas cheias de cores e movimento.

Enquanto durou, o Saara verde conheceu vários períodos úmidos alternados com estiagens severas. A sobrevivência de seus habitantes sempre dependeu da fartura da chuva. Porque, quando a água começa a faltar, tudo pode acontecer...

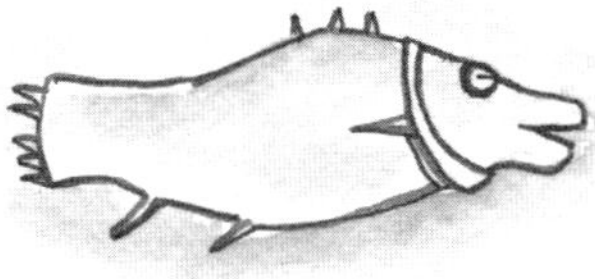

1. Fugitivas

A água fria já encobria o topo da sua cabeça. Podia sentir minúsculas bolhas de ar escapulindo por entre os fios do seu cabelo crespo. Sobre a pele negra dos seus antebraços, escamas prateadas brotavam sem parar. Estava virando peixe ou era gente ainda? Levada pela corrente até as profundezas do rio, descobriu uma floresta aquática que oscilava sob o vaivém silencioso de coloridos cardumes. Entre os caules flutuantes, um leve reluzir: um crocodilo estava a observá-la.

Arinê acordou com o coração batendo forte. Alguma coisa estava errada. No escuro da caverna, o fogo morria. A menina foi tateando até a pilha de galhos e juntou, depressa, o que pôde. Voltou apalpando as trevas, guiando-se pela luz fraca das brasas que se apagavam. Com cuidado, ajeitou gravetos e folhas secas sobre o que restava de carvão aceso e começou a soprar. Devagar, a princípio, depois cada vez mais forte, até surgir uma chama amarela, frágil criatura que ela tratou de alimentar aos poucos. O fogo foi renascendo e crescendo, o ardor faminto das suas flamas espalhava luz e calor. Para mantê-lo vivo até o amanhecer, a menina buscou em um canto da caverna ramos de ciprestes, para cheirar bem, e de cedro-vermelho, para queimar devagar. Uma labareda subiu: o espírito da luz agradecia. Um perfume delicado de resina começou a se espalhar.

Aprender a cuidar da fogueira fora a primeira tarefa que a velha Madih, a curandeira do Povo do Peixe, havia-lhe ensinado. "Quem deixa sua fogueira morrer, logo morre também", repetia ela. No clã, o fogo pertencia aos homens, as mulheres apenas o conservavam. Mesmo assim, sua mestra decidira iniciá-la em seus segredos, mas Arinê ainda pelejava para dominá-los. Por ora, conseguira se virar sem incomodar a anciã que, após um acesso de febre, dormia sobre um leito de palha improvisado.

Arinê amava Madih e Madih amava Arinê. Aquele amor datava do dia em que a curandeira havia encontrado uma criança abandonada na soleira do seu abrigo. Desacordada, a pequena ardia em febre. Não havia como saber sua origem: não vestia nada, não usava amuleto ou qualquer outro objeto ou tatuagem, até o cabelo tinha sido raspado. Ao examinar a garotinha, Madih ficara espantada. "No povoado, todos têm olhos negros", pensou ela, "mas essa aí tem olhos cor de chuva..." Tratou de cuidar da doentinha, tentando não se apegar demais. Pediu à Grande Mãe, a dona da vida, que a deixasse ficar com a pequena. Após uma lua, a criança estava salva, e ninguém veio reclamá-la. Passada mais uma lua, Madih deu-lhe um nome: Arinê, "a pescadora".

A menina não se cansava de perguntar:

— Por que Arinê, Madih? O lago está encolhendo,

os peixes sumindo. Por que não um nome bonito? Um nome de flor ou de pássaro?

Paciente, a velha respondia:

— Eu te dei um nome antigo e poderoso. Vai te proteger e te trazer sorte. Sempre há esperança. Um dia tudo vai mudar. Eu sei. Eu vi.

— O que foi que você viu? O que vai acontecer?

Mas a adivinha se limitava a olhar para ela com um sorriso um pouco cansado sem dizer mais nada.

Deitada no chão duro da caverna, Arinê desejou voltar logo para casa, nas Falésias Vermelhas. Lá, o cotidiano dos homens era caçar e pescar, e o das mulheres, colher tudo o que podia ser mastigado: grãos e raízes, frutas e insetos... Os velhos, as mães recém-paridas e as crianças pequenas ficavam no povoado, cuidando uns dos outros. Uma futura curandeira, porém, tinha obrigações diferentes e Madih procurava transmitir-lhe tudo o que sabia: o preparo das plantas que podiam curar ou matar, os gestos e as palavras que ajudavam na hora do parto, os rituais e as fórmulas para agradecer à Dona da Vida. Até coisas de homem, como fazer fogo, preparar armadilhas e andar pela savana sem deixar rastros, Madih achava bom ensinar-lhe, dizia a ela que seria muito útil algum dia.

Havia outro tipo de conhecimento, antigo e muito complexo, que a curandeira hesitava em revelar: os segredos da água. Achava que sua aluna ainda era muito nova para ser iniciada. Arinê precisaria escolher entre ter uma família ou viver na solidão para se dedicar aos mistérios. Muito tempo atrás, Madih havia feito sua própria escolha: ser uma vidente, uma fazedora de chuva. Descobrira os caminhos da água, cada nascente e cada riacho interligados em uma teia pulsante. Tornara-se capaz de sentir sob a sola dos pés a tênue vibração dos rios subterrâneos. Aprendera a capturar no ar o cheiro da água, fosse de um aguaceiro se aproximando ou de um poço oculto no meio do nada.

A Vidente das Águas do Povo do Peixe vivera sozinha boa parte da sua vida de mulher adulta até aparecer Arinê. Curiosamente, enquanto a criança crescia e se fortalecia, Madih começou a observar que a temporada das águas minguava um pouco mais a cada ano. De um tempo para cá, até a paisagem do povoado estava se transformando. Ao pé das falésias de arenito, a praia de areia fina se desfazia aos poucos, carregada pelas rajadas quentes do vento. As águas do Grande Lago não paravam de recuar, deixando para trás umas ilhotas rochosas rodeadas por lagoas lamacentas e um pântano que atraía nuvens de insetos e febres mortais. Somente uns peixes de carne escura conseguiam sobreviver naquele ambiente. Antes de morrer ressecados pelo calor intenso da estação seca, eles espalhavam sua semente na lama. O barro secava, selando e protegendo os filhotes. Quando um pouco de chuva voltava a cair, a argila amolecia e uma nova geração de peixes emergia milagrosamente. Os animais se adaptavam e os humanos também. A carne do peixe-lama era cheia de espinhos e tinha gosto de lodo, mas com raízes doces e ervas picantes, dava um caldo revigorante.

Ultimamente, Madih se surpreendia sonhando com os olhos de Arinê. Às vezes, eram duas nascentes que enchiam o Grande Lago, outras eram dois abismos que engoliam toda a água do mundo. A anciã podia sentir na menina um poder que se desenvolvia a cada dia, enquanto ela, a fazedora de chuva que não fazia mais chover, perdia lentamente o seu. Mas ela não se arrependia de ter quebrado o seu voto de solidão acolhendo Arinê. O amor de mãe que preenchia seu coração compensava qualquer coisa, até mesmo a hostilidade daqueles que a culpavam pela seca. Ela bem sabia que era a fome falando. Como diz o provérbio: "Quando a barriga ronca alto, a cabeça não consegue ouvir o coração".

Mas não era só a miséria da seca. Havia Tarek, o novo chefe. Após perder o pai ainda criança, Tarek havia crescido cercado de privilégios. Jamais passara fome, pois fora adotado pelo tio, o bondoso Medaq, então chefe do clã. O menino transformara-se num homem amargo, ruim. Alguns diziam que era por ter nascido durante a lua vermelha, um mau presságio. Madih, que conhecia sua história, não recriminava a lua, mas a cabeça confusa de um garotinho que culpava Medaq pela morte do pai. O chefe convidara o irmão para uma caçada ao hipopótamo, mas retornara sozinho e de mãos vazias, enquanto o pai do menino, arrastado por um macho irascível, tinha ido dormir para sempre no fundo do Grande Lago. Talvez seu espírito estivesse vagando agora nos alagadiços, aprisionado no corpo de um grande crocodilo.

Obcecado pela vingança, o garoto havia arquitetado um plano secreto e agora, homem feito, começara a executá-lo. Madih, pressentindo o pior, tentara avisar seu amigo Medaq, mas ele não quisera acreditar no perigo, não conseguia desconfiar do próprio sangue. Depois de anos tramando na sombra, repetindo que o tio era velho demais para enfrentar as desgraças que ameaçavam o Povo do Peixe, o astuto Tarek conseguira, finalmente, tomar a chefia do clã. Mas isso era apenas a primeira parte do seu plano. A segunda parte, mais misteriosa, envolvia Madih e Arinê. Antes mesmo de ser escolhido para liderar, Tarek já andava a espalhar rumores sobre elas, influenciando aos poucos as opiniões e recrutando seguidores no povoado:

— Madih não é a fazedora de chuva das Falésias Vermelhas? Mas não está trazendo a chuva. Está trazendo a morte e a desgraça sobre nós. Quantos do clã já morreram da febre do pântano? Quantos parentes nós já perdemos? É por causa daquela menina esquisita. Ela não é como nós. Já viram seus olhos? Desde que Madih a acolheu, o lago está recuando. Os espíritos da água estão irritados conosco. Eu digo que Arinê é a causa de tudo e digo que ela tem de ser sacrificada ao Deus Crocodilo ou todos nós iremos morrer e será como se o Povo do Peixe nunca tivesse existido.

Madih ficara sabendo das manobras de Tarek e, na primeira oportunidade, havia fugido com Arinê. Sem ousar revelar toda a verdade a sua protegida; dissera apenas que o novo chefe estava instigando o clã contra elas e que precisavam se esconder até as coisas se acalmarem.

Elas haviam corrido para a Floresta de Pedra, o leito seco de um rio semeado de gigantescas agulhas rochosas. O lugar assombrado, onde o vento costumava uivar, era assustador o bastante para desencorajar as perseguições. Após uma noite passada em claro, espremidas num vão entre duas lajes, as fugitivas tinham subido por uma trilha íngreme que levava à Montanha da Lua e à caverna secreta onde Madih costumava se refugiar em caso de perigo. Tantos anos tentando curar as pessoas haviam ensinado à anciã que, em caso de calamidade, a curandeira era a primeira a ser acusada. O melhor, então, a se fazer era desaparecer por uns tempos até que precisassem dela novamente.

Uma vez por dia, as fugitivas comiam um mingau com grãos e peixe seco de uma pequena reserva trazida das Falésias Vermelhas. Mas o sustento era pouco e, para matar a fome, caçavam gafanhotos e lagartos que assavam na fogueira e o que mais conseguiam encontrar nos arredores do esconderijo. À noite, quando o estômago roncava, elas olhavam as estrelas no céu e rezavam pela chuva, para voltarem logo ao povoado.

Mas os dias passavam e nada de chuva. Enfraquecida pela falta de comida, Madih tivera um acesso de febre. Era a idade cobrando seu preço. No delírio, começara a murmurar coisas estranhas sobre o Deus Crocodilo e Tarek, mas Arinê estava mais preocupada em fazê-la engolir, gole após gole, um chá amargo para fazer a febre baixar. A anciã finalmente adormecera, a respiração calma e regular, o corpo relaxado. Parecia que havia enganado a morte mais uma vez. Não seria a primeira nem a última. Estava profundamente enraizada no chão dos vivos, feito um velho baobá que racha o tronco e perde os galhos, mas ainda teima em florescer.

Quando Madih acordou, o sol iluminava a entrada da caverna. Ainda fraca, levantou-se com esforço. Sentia muita sede. Dependurado no lugar de sempre, o grande odre de pele de antílope estava meio murcho, guardando uma água morna e rançosa. Madih lamentou não ter trazido um pote de barro para guardar a água fresca. Bebeu assim mesmo, depois encheu sua mão em concha e aproximou-se de Arinê que ainda dormia. Após contemplá-la por um instante, Madih decidiu que a hora de agir havia chegado. Sacudiu os dedos, molhando o rosto da menina.

— Acorda preguiçosa, acorda! O sol voltou e o dia vai ser longo. Levanta, precisamos de água, anda logo! Você vai sozinha, vou ficar aqui, quero descansar.

Arinê continuava deitada, os olhos fechados. Tentava agarrar os últimos fragmentos da lembrança de um sonho feliz. Em vão. A realidade e as palavras da velha curandeira eram mais fortes. Madih não a deixou em paz até que se levantasse e juntasse o vasilhame necessário: um odre menor, fácil de carregar, e meia dúzia de ovos de avestruz vazios com tampas de cortiça e alças de couro. A caverna era um esconderijo seguro, mas ficava longe da água. A garota devia descer pela outra vertente da Montanha da Lua, por um caminho que Madih lhe havia ensinado logo na chegada. Seria preciso atravessar o território das feras. Ao amanhecer e ao entardecer, elas rondavam a nascente para beber, mas também para caçar. Arinê haveria de andar no calor sufocante do dia.

— Leve seu zunidor, Arinê, as comedoras de ossos estão sempre com fome.

Para não chamar o perigo, pronunciar o nome da hiena ou de qualquer outro predador devia ser cuidadosamente evitado. Assim, as hienas eram "as comedoras de ossos", "as orelhudas", "as que riem dentro da noite". Com um pedaço de madeira chata amarrado a uma longa corda de fibras, Arinê havia fabricado o próprio zunidor. Girando-o a toda velocidade na ponta da corda esticada, ela o fazia vibrar com um zumbido grave e poderoso que assustava os animais.

Ela estava pronta. Fixou em Madih seus olhos cor de água. Desviando o rosto, a curandeira acrescentou:

— Não esqueça o punhal e agora vá, vá depressa! Sem lerdeza!

A menina estranhou o tom da voz e a aspereza das palavras, mas obedeceu à anciã. Saiu da caverna sem olhar para trás. Não viu as lágrimas nos olhos de Madih nem imaginou que, ao voltar, a caverna estaria vazia. Melhor assim, a fazedora de chuva que não fazia mais chover queria enfrentar Tarek sozinha. Mas antes, ia reencontrar um amigo de longa data: o Deus Crocodilo.

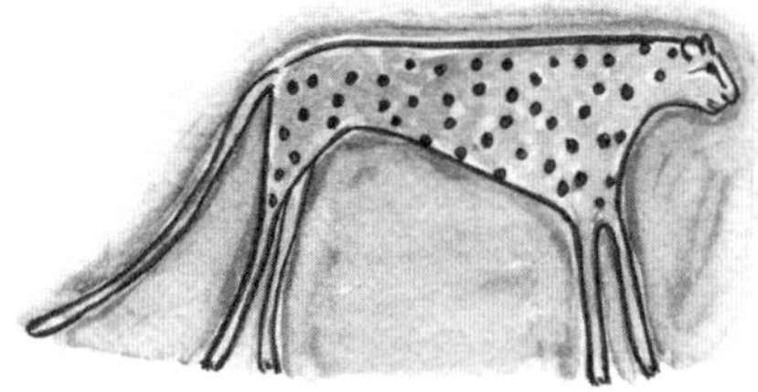

2. Sumani

O caminho até a nascente atravessava um bosque de cedros, freixos e pinheiros, antigos gigantes que já ocupavam as encostas da Montanha da Lua quando da chegada dos primeiros homens. Com o passo leve, Arinê andava sobre o chão forrado de agulhas e folhas secas. Não queria fazer barulho. Ao menor sopro de brisa, procurava andar contra o vento para não denunciar seu cheiro. Aprendera com Madih a se movimentar sem chamar a atenção das feras. Sem ruídos e sem rastros, olhos e ouvidos bem abertos.

A floresta castigada pela seca não tinha mais força para florescer e frutificar. Não se viam mudas brotando do solo. Eram só velhas árvores sedentas à espera da chuva. Ainda assim, havia vida no bosque. Dos cedros e pinheiros escorria uma resina doce e perfumada que atraía um bando de insetos caçados por pássaros famintos, répteis e pequenos roedores. Para se defender, os insetos ferroavam, soltavam pelos urticantes ou fabricavam veneno. Era preciso lutar para continuar a existir. Os pequenos predadores atraíam outros maiores, como falcões e gatos selvagens. Em meio a essa guerra impiedosa, as cigarras cantavam furiosamente e os pássaros exibiam suas plumagens coloridas sem se importarem com o perigo.

A menina havia chegado à borda da floresta, onde as árvores cresciam mais esparsas, e o calor era intenso. Parou para observar o mar de capim-amarelo que se estendia diante dela. Sabia que devia atravessar ali, apesar do perigo. Decidiu aguardar que o sol a pino empurrasse as feras para dentro das tocas. Largou o vasilhame no chão e sentou-se ao lado de um tronco caído e infestado por cupins. Com um talo seco, começou a pescar pelas fendas da madeira podre. Enquanto refazia suas forças, mastigando uma a uma as larvas brancas e adocicadas, o sol subia no céu.

Por fim, ela pôs-se de pé para interrogar a paisagem. Ao longe, como uma ilha de verdura no mar de capim, a copa das árvores indicava o lugar onde a água minava entre os rochedos. Nos arredores, o silêncio parecia total. Todos os seres vivos haviam fugido do sol impiedoso. O momento era esse. Com a ponta afiada do punhal, a menina furou o polegar esquerdo e apertou até pingarem três gotas de sangue sobre a terra seca. Ajoelhou-se e disse:

— Beba, Grande Mãe!

Esfregou o polegar ferido no chão e com a mistura vermelha de sangue e poeira marcou lentamente a testa, da esquerda para a direita.

— Guarde-me das garras, dos dentes e do veneno. Guarde-me agora e guarde-me sempre, Grande Mãe!

Com o sacrifício terminado, a menina avaliou o

que acabara de fazer: o tom da voz, a escolha das palavras, a firmeza no gesto. Sim, Madih teria aprovado. Recolheu o odre e as outras vasilhas, colocando as alças em volta do corpo. Estava pronta para atravessar.

O capim da savana era tão alto que ela precisava subir em pedras ou tocos para achar seu rumo. Apesar do calor, suava frio. Andava depressa, quase correndo, levantando diante dela nuvens de pequenos gafanhotos. Com a mão direita segurava o punhal e com a esquerda tentava proteger o rosto dos espinhos traiçoeiros que surgiam no meio do capinzal. As pupilas dilatadas e o ar feroz eram frutos do esforço que fazia para dominar o bicho do medo. "O cheiro do medo atrai as feras", dizia Madih. Procurou se concentrar na água fresca da nascente.

Após o que lhe pareceu uma eternidade, Arinê alcançou a fonte. Segundo Madih, provinha de um rio subterrâneo que corria nas entranhas da Montanha da Lua. Ao surgir entre os rochedos do bosque, deslizava um instante sobre uma camada de argila e voltava a se perder no solo arenoso. Protegida pela sombra das pedras, a lâmina d'água era límpida e fresca.

Exausta, a menina deitou no leito do pequeno riacho. Relaxou ao toque da água sobre sua pele. Fechou os olhos. Sem querer, lembrou do sonho, das escamas prateadas, da floresta aquática, do crocodilo... Um grito rouco a fez se levantar num salto: não estava só! Pegou rapidamente o punhal e foi se esconder atrás dum rochedo, o coração a mil. Um longo silêncio se seguiu. Nada, ninguém. Arinê decidiu arriscar: ia encher logo as vasilhas e partir sem demora. Enquanto terminava de tampar os recipientes cheios d'água, ouviu um gemido abafado, como um choro de dor. Desta vez, reparou numa sombra, debaixo de uma grande pedra achatada. Mais curiosa do que amedrontada, aproximou-se para olhar. Achou um par de olhos dourados com duas lágrimas pretas escorrendo de cada lado de um focinho, e quatro caninos afiados... Era um jovem guepardo rosnando para ela.

Arinê havia sido uma criança calada, demorara a falar. Um belo dia, porém, de tanto que Madih lhe fizera tomar água em casca de ovo de galinhola, sua língua se desenrolou e as primeiras frases saíram da sua boca. Foi, então, que descobriu um estranho talento. Ao falar, conseguia atrair pequenos animais que captavam em sua voz algo que escapava aos ouvidos humanos. Os bichinhos meio entontecidos se aproximavam e deixavam-se capturar por ela sem reagir.

Até agora, Arinê nunca havia experimentado seu dom com um animal maior. Sabia que o guepardo não era sanguinário como o leão ou a pantera. Lembrou-se de uma conversa com Madih sobre um caçador e seu guepardo ensinado. Resolveu arriscar e começou dizendo:

— Shhh, shhh! Calma, irmãozinho, calma.

As pupilas do felino se estreitaram, os pelos se eriçaram e o rosnado ficou mais alto. O animal ferido se sentia acuado e se preparava para o ataque. Pressentindo o perigo, a menina decidiu improvisar. Agarrou firmemente os bigodes do grande gato e, como uma mãe faz com um filho malcriado, repreendeu-o com as seguintes palavras:

— Fique quieto! Sou curandeira, posso te curar... Foi a Grande Mãe que me colocou em teu caminho. Então, fique quieto pois eu não tenho medo de ti!

Ele parou de rosnar e ficou olhando para ela, espantado. A menina continuou falando, falando e, de repente, soltou os bigodes para acarinhar o bicho atrás da orelha. O guepardo fechou as pálpebras para desfrutar do toque inesperado e relaxou. Arinê continuou a falar enquanto coçava a outra orelha, e o felino voltou a deitar de lado, entregue aos carinhos e às palavras da menina. Após um tempo, pareceu dormir. Muito devagar, Arinê estendeu a mão para sentir na ponta dos seus dedos o sopro do animal. Começou a examiná-lo. As patas dianteiras estavam muito inchadas. O resto parecia em ordem. Ele viera ao riacho aliviar a dor do inchaço. Delicadamente, ela levantou a pata esquerda e, depois, a direita. Caçador inexperiente, ele havia se ferido seriamente ao tentar pegar um porco-espinho. Várias pontas quebradas estavam infeccionando a sola das patas. Sem poder correr, ele ia morrer de fome.

O caminho de volta para a caverna era longo. Ela sabia que precisava se apressar. Desobedecendo à voz na sua cabeça, que mandava retornar logo à segurança da caverna, ela escolheu ficar para cuidar do guepardo. Armada de palavras mansas, foi retirando cada espinho com as unhas. Faltava apenas um, profundamente cravado na almofada direita. Segurando a pata do felino, arrancou o último espinho com os dentes. O animal grunhiu, mas continuou deitado, gemendo baixinho. A menina curandeira se afastou para preparar uma mistura de argila com uma folhagem que colheu perto da nascente, boa para a dor e cicatrização. Ao voltar para esfregar a preparação nas patas do guepardo, continuou falando:

— Shhh, shhh! Pronto, vai ficar bom. E você vem comigo! Para conhecer Madih... Você vai gostar dela e ela de você.

Arinê guardou o resto do medicamento numa dobra do seu cinto largo, que ela usava para carregar um pouco de tudo. Precisaria continuar o tratamento. O guepardo não gemia mais e esticava suas patas. A dor estava indo embora. Antes que sumisse na savana, Arinê pescou para ele uns girinos no riacho. O felino os engoliu desajeitadamente, lambendo e mordiscando as suas mãos. Depois ele se levantou e ficou a rodeá-la, na esperança de mais comida.

Apesar da empolgação, a menina andava sob alerta. Ela e o guepardo não podiam continuar ali. Precisavam voltar logo para a caverna. Decidiu improvisar. Enquanto cantarolava, amarrou o odre pesado de água no lombo do guepardo, deixando solta uma das alças para guiar o animal. Na hora, ele se assustou e tentou se livrar da carga, mas as palavras amigáveis e os afagos da menina acabaram vencendo, e o animal aquietou-se. Ela apanhou o restante do vasilhame e a viagem de volta começou.

A dupla caminhava lentamente, ao ritmo do guepardo, que mancava um pouco. Apesar do calor tórrido da tarde, Arinê se sentia cheia de energia. A travessia do mar de capim transcorreu tranquila, o sol ainda estava alto no céu e as feras cochilando no frescor das suas tocas. Quando chegaram à borda da floresta, Arinê parou um pouco para o animal descansar e reparou que, na verdade, o jovem guepardo era "ela", uma fêmea. Decidiu chamá-la de Sumani, "irmãzinha".

Assim, as duas irmãs, uma com duas pernas e outra com quatro patas, foram subindo pela encosta da Montanha da Lua. Arinê mal podia esperar para ver a cara de Madih quando aparecesse na entrada da caverna com Sumani ao seu lado. A menina havia descoberto seu dom e pressentia que era apenas o começo de algo maior. Enquanto caminhava, matutava como ensinaria o guepardo-fêmea a caçar para ela. Fazia tanto tempo que não comia comida de verdade.

O que Arinê não desconfiava é que estava sendo seguida.

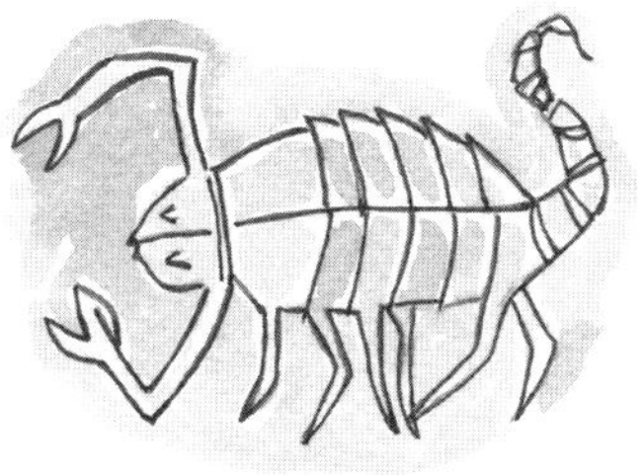

3. A hiena e o escorpião

Seguindo as ordens de Tarek, um de seus guerreiros vasculhava a região em busca da bruxa e da garota. Não muito jovem, calvo e atarracado, tinha braços compridos e fortes. Além da lança e do punhal, carregava uma funda de couro e uma bolsinha com seixos brancos arredondados. Havia uma boa recompensa pela captura das fugitivas: uma moça, parente de Tarek, e o direito de morar ao lado do Poço do Lagarto. Água à vontade e uma aliança com a família mais poderosa do clã, o que mais um guerreiro poderia querer?

Ele não desistia. Enquanto seus companheiros haviam voltado à segurança das Falésias Vermelhas, ele continuava procurando. Era chamado de Zarg, "a hiena". Não era bem por causa da risada, mas pelos dentes, fortes o bastante para quebrar ossos e chupar-lhes o tutano. Diziam que ele era capaz de comer qualquer coisa, até carniça. Pior: quando caçava, besuntava-se da cabeça aos pés com uma mistura de barro e fezes de leão ou leopardo. Afirmava que isso o protegia das feras, das cobras e até dos insetos. O certo é que seu cheiro espantava qualquer um. Zarg já tivera outro nome e outra vida, na época em que pescava no Grande Lago e todo fim de tarde voltava, cansado e feliz, para a mulher e o filhinho. Mas aquilo fora há muito tempo, agora ele era apenas uma hiena rastreando suas presas.

Conhecia bem Madih e Arinê. Quando sua mulher adoecera de repente, a feiticeira não soubera salvá-la. Logo depois fora a vez do garotinho. Zarg quase enlouquecera de dor. Enquanto isso, Tarek culpava Madih e Arinê pela seca, a fome e as mortes. É verdade que, a princípio, o povoado não ligava muito para ele, afinal Madih era a parteira e a curandeira do clã, aquela que remendava os ossos e ajudava as crianças a nascer. Mas com a longa estiagem e a falta de peixe, uma febre mortal passou a rondar as Falésias Vermelhas e muitos como Zarg se tornaram seguidores de Tarek.

No começo, Madih não se dera conta do perigo, ocupada que estava em descobrir uma cura para seus doentes. As plantas que conhecia não ajudavam muito. Os adultos mais fortes pareciam se recuperar após algum tempo, mas a maioria das crianças pequenas, das grávidas e dos velhos delirava até morrer. Madih desconfiava que o mal viesse do pântano onde se pescava o peixe-lama. Nuvens de mosquitos infestavam o lugar. Ela tinha alertado para o perigo, em vão. Acossados pela fome, idosos, mulheres e crianças arriscavam a vida para trazer para casa um cesto de carne escura e cheia de espinhos. Quando os caçadores do clã voltavam, depois de dias e mais dias percorrendo a savana atrás de uma presa, encontravam seus familiares doentes, como Zarg havia encontrado os seus. Já era tarde e a dor da perda se transformava em raiva e desejo de vingança. A cada morte, Tarek fortalecia seu poder.

Mas não era só Madih que o novo chefe das Falésias Vermelhas culpava. Existia outro alvo para o ódio de Tarek: o Povo do Boi. Ele dizia que a desgraça recaíra sobre seu povoado no dia em que os cascos das vacas haviam maculado a água do lago.

— O Povo do Boi e suas vacas aborreceram o Deus Crocodilo. Foi ele quem criou o Grande Lago. Para nós e somente para nós.

O motivo de tanto ódio era pessoal. Surgira quando Tarek havia visto os nômades chegando pela primeira vez às Falésias Vermelhas. O garotinho ficara assustado com aquela massa barulhenta, um mar coroado de chifres longos e penas de avestruz. De tão numerosos, cascos e pés arrancavam a grama, rasgando uma trilha de terra vermelha na margem do lago. Mugidos e gritos selvagens de alegria ecoaram por todo lado quando os forasteiros se jogaram na água, matando a sede que os matava e lavando a alma cansada pela longa jornada. Após alguns dias, o pequeno Tarek descobriu que os estrangeiros não tinham chifres nem cascos e que dos estranhos animais que viajavam com eles saía uma quantidade espantosa de leite, bebida que os recém-chegados ofereciam a todos que iam conhecê-los.

O tio de Tarek, Medaq, era um homem prático que acreditava que dois povos unidos eram mais fortes do que um só. Buscava aliados e pensava no comércio.

Quando o Povo do Boi apareceu, antes da seca, a pesca era farta e sobrava peixe seco. Havia também a jazida de sal-gema, a maior riqueza do Povo do Peixe. O valioso mineral provinha do oeste, onde aflorava no fundo de uma vasta planície desértica. A alguns dias de caminhada do povoado, o local era mantido secreto pelo clã. Apenas alguns homens conheciam a localização exata. Todo ano, durante a estação seca, uma ou duas expedições eram organizadas para trazer o sal. Os homens partiam quando a meia-lua começava a inchar e voltavam ao final da lua plena. Levavam água e mantimentos, viajando e trabalhando somente à noite, para evitar o calor e as indiscrições. Seus guias eram um velho e seu filho, que, apesar de quase cegos à luz do dia, conseguiam enxergar na penumbra.

O chefe Medaq sabia que os pastores iam precisar de sal para o gado. Animado com as novas possibilidades, ele havia deixado que o Povo do Boi acampasse nos alagadiços da margem leste do Grande Lago. O lugar não servia mesmo para pescar, era muito raso e lodoso para as canoas de tronco do Povo do Peixe, mas era rico em pasto e com uma nascente não muito longe dali. O acampamento nômade ficava distante o suficiente para não incomodar os aldeões e perto o bastante para permitir a troca de mercadorias.

Logo os dois povos estavam negociando. Começou com um carregamento de leite fresco trazido no lombo de um boi. Num instante, o leite foi trocado por sal e peixe seco. Depois disso, todas as vezes que sobrava leite ou manteiga, dia sim, dia não, os nômades vinham visitar os aldeões. As mulheres do povoado foram se organizando. Acertaram a medida justa de sal e peixe seco para cada medida de leite. Encantadas com as sandálias e as roupas de couro dos forasteiros, passaram a oferecer em troca seus potes de cerâmica e uma bebida que faziam fermentando grãos. Até o esterco seco elas compravam para queimar em suas fogueiras. Apesar do cheiro, era bom para espantar os insetos.

Embora não falassem o mesmo idioma, todos conseguiam se entender com gestos e mímicas. Os nômades, acostumados a negociar com estranhos em suas andanças, logo aprenderam algumas palavras dos aldeões. No espaço de algumas luas cheias, eles já sabiam o suficiente para conversar com o povo das Falésias Vermelhas. Quanto a Madih, chamada ao acampamento para ajudar num parto difícil, acabou ganhando o respeito e a amizade dos forasteiros. A fala do Povo do Boi era estranha aos seus ouvidos, soava rude e arrastada, mas aos poucos a curandeira foi passando mais tempo com eles até compreender e falar sua língua.

Medaq nunca fora tão satisfeito. As crianças estavam bem alimentadas, as mulheres andavam ocupadas com os negócios e a pesca era farta. Os forasteiros haviam criado raízes e o rebanho engordava. Em volta do Grande Lago, a população aumentava e o número de bocas também. As estações foram passando e todos pareciam se beneficiar da aliança entre o Povo do Peixe e o Povo do Boi. Todos, menos uma pessoa: o jovem

Tarek, que odiava o tio e já cobiçava o seu prestígio no meio do clã.

E como um bicho peçonhento, um escorpião que espera as trevas para sair da fresta e matar sua presa, Tarek ficou destilando seu veneno na sombra, enquanto aguardava o momento certo para dar a estocada fatal.

4. O enterro do crocodilo

A rota dos ventos mudou e com ela a sina do Povo do Peixe e do Povo do Boi. Ninguém nas Falésias Vermelhas se lembrava de um inverno tão quente e seco, nem os mais velhos dos anciões. O verão chegou e com ele a estação das águas. Mas as chuvas tão almejadas logo terminaram, e as nuvens foram embora para o sul. Ano após ano, a mesma coisa foi se repetindo, a época das chuvas encurtando cada vez mais.

Por incrível que pareça, as pessoas não se preocuparam muito no começo. Com as águas do lago baixando, pescar ficou mais simples. Até os meninos pegavam os grandes peixes aprisionados nas poças que secavam. Nas margens, os animais de pelo e chifre se amontoavam para beber, facilitando a caça. Houve uma fartura de carne e peixe seco como nunca se havia visto! E ainda podiam contar com Madih para encontrar novas nascentes quando as antigas secavam. O Povo do Boi fora mais afetado. Os bandos de gazelas e antílopes que se aproximavam do lago eram seguidos por leões e leopardos, que passaram a atacar o gado. Pastores foram feridos tentando salvar suas vacas.

Por fim, a seca se acentuou e até as ricas

pastagens dos alagadiços acabaram, forçando o que havia sobrado dos grandes rebanhos selvagens de comedores de grama a migrar de vez para o sul, em busca de comida e água. Assim como haviam começado, os dias de abundância acabaram bruscamente. Foi quando aconteceu uma desavença entre os dois clãs. Por causa de um crocodilo.

Os grandes répteis eram sagrados para o Povo do Peixe. Era proibido matá-los. Os moradores das Falésias Vermelhas evitavam entrar no seu território e, quando precisavam fazê-lo, deixavam oferendas de peixes. Acreditavam que entre os crocodilos viviam espíritos ancestrais que os protegiam. Quando um homem do clã se afogava no lago e o corpo não era encontrado, diziam que seu espírito tinha entrado no corpo de um crocodilo e se juntado aos ancestrais. Acidentes aconteciam, mas ainda assim matar um crocodilo era um crime punido com a morte. Quando os nômades vieram acampar às margens do lago, foram avisados que os crocodilos eram tabus. Quando, vez ou outra, algum bezerro ou uma vaca era devorado, eles avisavam ao chefe Medaq, que compensava o proprietário do animal com sal ou outra mercadoria. Mas com a estiagem, conforme as águas do lago recuavam, a quantidade de peixe foi diminuindo e os crocodilos esfomeados começaram a dizimar o rebanho dos nômades. Depois de pagar algumas compensações, o chefe Medaq anunciou que não poderia dar mais nada, que seu povo precisava economizar para enfrentar a seca. Os nômades voltaram, aborrecidos, para o acampamento. Eles também começavam a sentir os efeitos da falta de chuva e o gado era sua única riqueza e fonte de alimento. Quando os crocodilos atacaram de novo, os jovens guerreiros atiraram suas lanças e feriram vários animais. Alguns dias mais tarde, um garoto das Falésias Vermelhas, que procurava peixe-lama no pântano, encontrou o cadáver de um grande crocodilo com uma lança nômade atravessada na garganta.

Medaq foi avisado e logo compreendeu que a aliança entre os clãs havia sido rompida para sempre. Ordenou que o crocodilo morto fosse trazido para ser enterrado ao pé das Falésias Vermelhas e encarregou Madih dos rituais para apaziguar o espírito do animal. Aos prantos, os habitantes se reuniram em volta da cova para jogar conchas e pedaços de peixe seco sobre o grande corpo escamoso. Cantos fúnebres foram entoados enquanto os homens recobriam de areia a sepultura. Ao final da cerimônia, todas as crianças – entre elas a pequena Arinê – ajudaram a construir um círculo de seixos brancos em volta do túmulo. Depois, todo mundo voltou em silêncio para casa. Todo mundo, menos Tarek. Deitado sobre o túmulo, ficara chorando por horas, como se chorasse algum parente muito querido.

Mas o pior estava por vir: no dia seguinte, contrariando as ordens de Medaq, Tarek e um bando de comparsas decidiram marchar contra o acampamento do Povo do Boi. Armados de tochas e aos gritos de "Vingança!" e "Fora daqui!", foram quebrando tudo o que encontravam pelo caminho, rasgando o couro das tendas, derramando o leite no chão e estragando as poucas reservas de comida dos nômades. Antes de irem embora, puseram fogo no curral de bezerros. Apavoradas, mulheres e crianças gritavam e se desesperavam enquanto os velhos atiravam areia nas chamas. Alertados pela fumaça, os homens voltaram correndo do pasto, chegando a tempo de apagar o incêndio e salvar seus animais.

De volta à aldeia, Tarek e sua tropa gabaram-se diante de todos da sua grande "vitória", contando em detalhes o ataque surpresa ao acampamento. Para festejar a derrota do "feroz inimigo", mulheres, velhos e até crianças, começaram a embebedar-se. Aclamado por seus seguidores, "Tarek, o vingador" saboreava, enfim, o gosto do poder. O velho Medaq, desolado com o rumo dos acontecimentos, foi procurar Madih.

— Você que fala a língua deles, deve convencer os nômades a fugir. Se ficarem, haverá guerra. Você viu como Tarek ficou possesso. Precisamos evitar que aconteça uma desgraça.

Na manhã seguinte, enquanto Tarek e seus seguidores ainda dormiam, vítimas da bebedeira, Madih saiu para entregar a mensagem de Medaq. Encontrou o Povo do Boi preparando-se para viajar. Tinham juntado o pouco que havia sobrado e reunido o rebanho. Estavam de partida para encontrar novas pastagens, longe da ameaça dos crocodilos e da fúria insana de Tarek. O chefe recebeu a velha curandeira e ouviu dos seus lábios a mensagem de Medaq. Mandou responder que não queria lutar contra seus antigos aliados e preferia seguir adiante com sua gente e suas vacas, porque o pior inimigo era mesmo a seca. Madih aconselhou que fossem para o sul, onde o lago era mais profundo. Mesmo com a estiagem, ainda deveriam encontrar algum pasto nas margens. A jornada seria perigosa, haveriam de apressar o gado e desviar dos pântanos infestados de insetos e serpentes venenosas. No chão, riscou um mapa com a posição de algumas nascentes que ela conhecia, lamentando não poder acompanhá-los na viagem. Desejou-lhes boa sorte e voltou para as Falésias Vermelhas, preocupada com Arinê, que esperava por ela.

Após a partida do Povo do Boi, o prestígio do velho Medaq foi enfraquecendo. Todos estavam ocupados em sobreviver. A guerra havia sido evitada, mas ainda assim o poder de Tarek aumentava a cada dia. Alguns murmuravam que se Medaq tivesse enfrentado o Povo do Boi, poderiam estar comendo carne de vaca em vez de gafanhotos e peixe-lama ensopado.

As estações foram passando devagar. Em meio às privações, Arinê se despedia da infância. Tornou-se ajudante de Madih, a velha fazedora de chuva que não conseguia mais fazer chover. Quando o flagelo da febre mortal chegou, as duas suplicaram ajuda à Grande Mãe, mas esta parecia ter outros planos para as Falésias Vermelhas. Medaq caiu gravemente doente. Só não morreu porque Madih ficou ao seu lado até a febre abrandar. Mas do antigo caçador de hipopótamo, do grande e poderoso chefe de clã, a febre devolvera apenas uma sombra: um ancião fraco e trêmulo, que perdera todos os dentes.

Chegara a vez de Tarek. O novo chefe das Falésias Vermelhas estava prestes a completar sua vingança, culpando Madih e Arinê pela desgraça que afligia o Povo do Peixe. Sua estratégia estava pronta. Sacrificaria Arinê na frente do clã reunido, calando para sempre a voz dos seus inimigos e mostrando a todos quem mandava. Se a chuva não caísse, Madih seria sua próxima vítima, e depois dela qualquer um que o desafiasse. Nada como o cheiro do sangue para ser obedecido. Assim seria até que o Deus Crocodilo devolvesse a chuva a Tarek, o grande chefe. A chuva e algo mais... A criança dentro dele ainda esperava pela volta do pai.

Pouco importava que elas tivessem escapado. Era apenas uma questão de tempo para que duas mulheres fracas fossem capturadas. Madih podia ser ardilosa, mas Tarek tinha Zarg, sua hiena que traria para ele as duas fugitivas.

5. A Vidente das Águas

Após deixar a caverna, Madih desceu pela encosta da Montanha da Lua. Ao menor barulho, escondia-se na vegetação, pois tinha certeza de que Tarek não desistiria tão cedo de persegui-la. Após chegar onde a Floresta de Pedra começava, não atravessou em direção às Falésias Vermelhas, mas subiu o leito do Rio Seco rumo ao norte. Caminhando debaixo de um sol escaldante, a anciã parava de tempos em tempos para descansar à sombra de agulhas rochosas. Esculpidas pela força do vento e da água, as silhuetas gigantescas eram relíquias de um mundo primitivo e misterioso que havia existido antes dos homens e continuaria a existir depois deles.

Ao final do dia, a curandeira alcançou a Tartaruga, um rochedo arredondado que indicava o início da trilha secreta para o santuário. Decidiu passar a noite ali mesmo, sem fogueira. Deitada na areia, sentia em cada osso do seu corpo cansado a força da Grande Mãe, que protegia o lugar. Lembrou-se da primeira vez em que vira o marco de pedra. Quando jovem, depois de escolher dedicar sua vida às artes da água, viera neste mesmo lugar trazida por sua mestra, Misa. A fazedora de chuva não era de falar muito, mas fazia maravilhas.

Capaz de chamar as nuvens com um dente de hipopótamo e algumas encantações lançadas ao céu, vivia com um pé neste mundo e outro no desconhecido. Quando seus olhos negros viravam cinza, quase brancos, era chuva na certa, como na lenda da Vidente das Águas. Aliás, toda vez que Misa era vista andando pelas Falésias Vermelhas, as crianças se juntavam em torno dela, implorando para que lhes contasse a história, e ela sempre as atendia. Com sua voz grave e musical, começava:

— Há muito tempo, lá onde a terra principia e o sol nasce a cada manhã, os avós dos avós do Povo do Peixe moravam à beira de uma lagoa. Um dia, a chuva foi embora e tudo começou a secar. A água doce da lagoa ficou salgada. Tão salgada que os peixes, um a um, viraram pedra e afundaram. Os animais bons de se caçar começaram a ficar magrinhos, tão magrinhos que foram carregados pelo vento. A fome era terrível. Não havia mais nada para se comer e menos ainda para se beber. Tudo e todos iam morrer. Então, uma noite, uma menina viu em seu sonho um grande crocodilo que ordenava a ela que guiasse seu povo seguindo na terra o caminho que o Sol faz no céu. Na manhã seguinte, ela se apresentou diante do clã para contar a visão. Enquanto falava, algo aconteceu: seus olhos negros soltaram faíscas e depois ficaram da cor da chuva. Os dois. Clarinhos como água. Era um sinal, e os anciões acreditaram nela.

Quando chegava na parte dos olhos cor de chuva, Misa deixava a criançada boquiaberta: por um momento fugaz, seu olhar brilhava com uma estranha claridade. Depois, ela continuava como se nada tivesse acontecido:

— Começou a jornada do clã. A cada noite, o crocodilo visitava os sonhos da pequena guia para mostrar os lugares onde havia água para beber e animais para caçar. Depois de muitas andanças, atravessando desertos vazios e montanhas desoladas, nossos ancestrais finalmente encontraram um vale, com muita verdura e um rio cheio de peixes. Era a morada do mestre do rio que, assim que avistou a menina, veio nadando até ela. Sem se intimidar, porque já havia sonhado com o que ia acontecer, ela subiu nas costas largas e cascudas do enorme crocodilo e com ele foi descendo o rio, sem pressa, enquanto o clã os seguia, caminhando pela margem. Por fim, chegaram a um lugar onde o rio desaguava num lago tão grande, mas tão grande que o azul da água emendava com o azul do céu. O crocodilo os havia trazido bem aqui, ao pé das Falésias Vermelhas.

As crianças que ouviam a história pela primeira vez ficavam maravilhadas, como se pudessem ver a menina e o crocodilo andando pela sua aldeia. Outras, mais velhas, sentiam orgulho de pertencer ao Povo do Peixe. Após um momento de assombro, começavam a perguntar:

— Mas e depois, o que aconteceu com a menina?

— E o mestre do rio?

Misa, então, continuava a contar:

— O crocodilo voltou para seu rio. A menina passou a visitá-lo, sempre com algum agrado que o Povo do Peixe mandava: percas do Grande Lago ou delicados colares de conchinhas. Em troca, ele foi ensinando-lhe os segredos da chuva e ela se tornou a primeira Vidente das Águas. Então, um dia, ele desapareceu. A vidente, que naquela época já era uma anciã toda enrugada como eu, gravou a silhueta do seu mestre no terraço de pedra, onde ele costumava tomar sol. Pronta a gravura, chamou o povo e pediu oferendas para o espírito do crocodilo. Quando o terraço ficou coberto por pilhas e mais pilhas de peixes e colares de concha, recomendou que, a cada ano, no final da estação seca, os aldeões repetissem o ritual para que o crocodilo se lembrasse de mandar a chuva. Dito isso, entrou no rio e sumiu em meio a relâmpagos e às primeiras gotas que começavam a cair. Um turbilhão de água cobriu de repente o terraço, levando consigo todas as oferendas. Dizem que a vidente foi juntar-se ao crocodilo, no grande rio de estrelas que atravessa a escuridão da noite.

Essa era uma história para as crianças, cheia de encanto e magia. Mas havia alguma verdade nela: o terraço do crocodilo existia...

Nas primeiras luzes da manhã, Madih atravessou o leito do Rio Seco na altura do marco da Tartaruga. A trilha passava ao lado de grandes seixos escuros que haviam rolado da distante Serra Negra até ali, arrancados pela força de um rio que agora corria apenas na memória dos homens, na história da Vidente das Águas. É isso, talvez, o melhor presente da Mãe para nós, refletiu a curandeira: o poder de lembrar e evocar por um instante aquilo que o tempo já levou. Como uma torrente de histórias que atravessa e une gerações, e vai continuar fluindo enquanto houver gente para contar e gente para ouvir.

Seguindo o caminho que o Sol fazia no céu, a curandeira, por fim, chegou ao terraço. O grande crocodilo gravado na pedra nadava no rio da eternidade, as patas relaxadas e a poderosa cauda esticada. A boca semiaberta mostrava uma fileira de dentes afiados. Em outros tempos, Madih teria trazido uma prenda digna do Espírito da Água, mas por ora contentou-se em se ajoelhar ao lado do velho amigo e murmurar um antigo encantamento:

— Dono das águas, mestre dos rios, deixe-me entrar em teus domínios.

Um redemoinho repentino começou a dançar aos pés da curandeira, desenhando uma leve trilha na areia vermelha, que separava o terraço de uma falésia desmoronada. Madih foi seguindo o pé de vento que a levou até a laje caída que escondia uma abertura na base do paredão. Precisou deitar-se e rastejar para sair do outro lado, numa clareira de areia em meio a um labirinto de pedra. A trilha atravessava um emaranhado de rochas e rochedos, agulhas de pedra e furnas. Perder-se ali era fácil. Cheio de curvas e ângulos inesperados, o caminho confundia o viajante, que se via obrigado a se espremer entre as rochas, ora subindo, ora descendo. Alguns trechos eram iluminados pela luz do sol, mas outros ficavam na mais completa escuridão. Becos sem saída e abismos traiçoeiros aguardavam os descuidados. Para os iniciados, pequenos sinais na rocha indicavam o rumo certo. Haviam sido gravados rentes ao chão ou escondidos em frestas. Depois de tantos anos, Madih ainda se lembrava de boa parte do caminho, mas precisou contar com os sinais para se orientar nos entroncamentos mais escuros.

O lugar era obra da teimosia do vento e da paciência infinita da água que, gota a gota, durante eternidades, havia infiltrado a rocha porosa, abrindo passagem. Acumulada em inacessíveis lagos subterrâneos, a água seguia um curso misterioso até jorrar ao ar livre em cascatas iridescentes. Depois de deslizar sobre o espelho de uma cisterna, ela voltava a mergulhar numa galeria escura que desaguava no Grande Lago. Esse era o maior segredo das fazedoras de chuva. Gerações após gerações, elas haviam explorado e memorizado o ambiente, usando seus sentidos aguçados para descobrir os caminhos da água no coração do vasto planalto que separava as Falésias Vermelhas dos primeiros picos da Serra Negra.

A trilha desceu bruscamente, transformando-se numa estreita passagem que afundava nas trevas. Agachando-se para não bater a cabeça na rocha, a curandeira se pôs a engatinhar para baixo. Após alguns momentos tateando no breu, sentiu que a senda voltava a subir. Uma claridade apareceu. Mais um esforço e Madih emergiu em plena luz, no coração do santuário.

6. A tocaia

Parada do lado de fora do esconderijo, Arinê aguardava. Já imaginava o espanto da curandeira ao ver o guepardo.

— Madih, venha ver a irmãzinha que eu trouxe para morar com a gente. Você nunca viu um bicho tão bonito assim! Tem olhos cor de mel e é muito mansa!

Continuou chamando, mas Madih não apareceu. Impaciente, puxou Sumani pela guia e entrou com ela na caverna. Demorou um pouco para que seu olhar se acostumasse à penumbra. Não havia ninguém. O lugar estava arrumado, mas faltava a velha bolsa da curandeira. Teria ido colher alguma erva para fazer remédio? O dia estava acabando, logo ela ia voltar, a não ser que… Afastando os pensamentos ruins, a menina amarrou a guia do guepardo num canto e cuidou de descarregar a água que trazia. Depois, jogou uma boa braçada de capim seco e casca de cedro sobre a fogueira, clareando o ambiente. Aproveitou para examinar as patas de Sumani e aplicar mais um pouco do unguento que havia sobrado. Ao terminar, acariciou o magro lombo sarapintado. Dava para sentir as costelas do bicho.

— Madih vai chegar faminta, e você precisa mesmo engordar! Vou fazer nossa comida.

Como se entendesse, o felino sentou-se e ficou acompanhando de longe a movimentação da humana. Arinê ajoelhou-se perto da fogueira e começou a moer um pouco de grão. Armada de uma grossa pedra redonda, ela golpeava as sementes amontoadas sobre uma pequena tábua de pedra. De repente, seu braço parou no ar e ela ficou imóvel, com o olhar fixo. Acabava de descobrir uma mensagem no chão da caverna: pedrinhas brancas e traços riscados com carvão. Um recado de Madih! Muito tempo atrás, as duas tinham combinado vários sinais para se comunicarem caso uma delas precisasse sair na ausência da outra. Afinal, a vida de curandeira era cheia de imprevistos e pedidos de ajuda no meio da madrugada. A cruz desenhada dentro de um círculo significava que era para aguardar ali mesmo, no esconderijo, e sete pedriscos enfileirados indicavam sete dias de espera. Para que tanta demora? O terceiro sinal, um traço vertical barrado por dois pares de patas, representava o crocodilo sagrado. A mestra devia ter ido resolver um assunto secreto – coisa de fazedora de chuva – e desejava ficar só. O quarto sinal era um olho aberto, com um ponto marcando a pupila. Era para ficar vigilante, pois o perigo rondava.

Enquanto terminava de preparar a comida, Arinê refletia. Encontrar a mensagem deveria tê-la tranquilizado, mas não. Ela sentia que a velha vidente não lhe havia contado tudo o que sabia. Havia mais: a marca do crocodilo sagrado, a mesma que Madih tinha na sola dos pés, tatuada com um fino traço preto debaixo de cada um dos calcanhares, indicava que algo muito grave estava acontecendo para obrigar Madih a deixá-la sozinha, justo agora... Com o coração apertado, a menina dividiu com Sumani o mingau de grãos e peixe seco e adormeceu, vencida pelo cansaço de um longo dia. Deitada na penumbra, a fêmea de guepardo ficou mordiscando, silenciosamente, sua sobremesa: um camundongo atraído pelo cheiro de peixe na tigela de cerâmica.

Não muito longe dali, encarapitado na copa de um cedro, Zarg cochilava. A hiena de Tarek estava satisfeita. Andando a esmo, tivera a sorte de encontrar uma nascente e após se refrescar um pouco descobrira na argila marcas de pés pequenos e pegadas de felino. Sem perder tempo, começara a rastrear e descobrira a dupla caminhando na savana. Escondido no meio do capim-amarelo, reconhecera Arinê, que levava pela guia um guepardo carregando um odre nos flancos. Aquilo o deixou intrigado. Depois, espiara a menina na entrada da caverna chamando por Madih. A bruxa velha não estava, mas agora ele, Zarg, conhecia seu esconderijo. Já que Tarek queria as duas, o melhor a fazer era ficar por perto até a velha retornar. Por ora, tudo estava correndo bem. Tinha até jantado uma galinhola que encontrara presa numa armadilha. Ele só não conseguia entender por que o guepardo obedecia à garota. Será que ela tinha algum poder mágico? Com essa ideia lhe azucrinando o pensamento, acabou caindo no sono.

Na manhã seguinte, Arinê acordou com o rosnar de Sumani, que havia dado um jeito de se desamarrar durante a noite. Inquieta, ela andava de um lado para o outro e suas orelhinhas redondas se mexiam, atentas a um som de folhas sendo pisoteadas. Havia um leve cheiro também, uma mistura desagradável de gente e bicho. Sumani olhou para Arinê, mas ela não parecia perceber o perigo.

— Sumani, você não fugiu! Não preciso mais prendê-la, melhor assim.

O guepardo se aquietou. Seus sentidos aguçados não captavam mais nada. Seja lá o que fosse que estivera rondando a caverna, tinha ido embora.

Arinê bebeu água e encheu uma tigela para Sumani, que lambeu desajeitadamente um pouco do líquido, derramando boa parte no chão ao derrubar a vasilha.

— Aqui não há rio nem nascente, você precisa aprender a beber sem desperdiçar a água. Agora, vamos visitar minhas armadilhas, estou faminta.

Dócil, o felino seguiu Arinê, que carregava uma bolsa trançada, um punhal de osso, um zunidor e água numa casca de ovo de avestruz bem tampada. A busca por comida podia ser demorada.

Montada perto da caverna, a primeira armadilha de laço estava vazia. "Já deveria saber, esse lugar não é bom", resmungou Arinê enquanto recolhia a engenhoca. Outra surpresa desagradável esperava a menina na segunda armadilha. Pelas penas esparramadas pelo chão, podia deduzir que uma galinhola se deixara capturar, mas a ave tinha sumido e o laço fora cortado bem rente. Observando mais de perto, parecia ser corte de faca de pedra. Se fosse algum bicho que tivesse feito aquilo, teria comido a ave ali mesmo e haveria sangue. Fora as penas, o lugar estava limpo. Parecia obra de gente… Seria alguém das Falésias Vermelhas ou um forasteiro? De repente, o guepardo saiu em disparada e após vários zigue-zagues entre as árvores da floresta, saltou sobre uma presa.

Quando Arinê chegou, Sumani estava deitada, recuperando o fôlego depois da corrida e lambendo uma lebre morta entre suas patas. Ao ver a humana se aproximando, começou a rosnar, mas a voz macia e as palavras fascinantes da menina convenceram-na a soltar a caça. Satisfeita, Arinê dividiu a lebre em dois, guardando os quartos traseiros na sua bolsa e dando o resto para sua irmãzinha comer. Sumani logo devorou sua metade, tingindo de rubro os bigodes. Enquanto ela limpava o sangue do pelo, Arinê ficou parada, vigiando os arredores. Os homens de Tarek estariam se aproximando? Sabiam da caverna? A menina tinha a sensação de estar sendo observada. Concentrada, fechou os olhos. Percebia vagamente uma presença, mas não sabia dizer se era gente ou bicho. Resolveu ir mais adiante, afastando-se um pouco mais da caverna, para ver se era seguida.

Após algumas horas, não avistara ninguém, mas Sumani continuara caçando e agora havia mais duas metades de lebre na bolsa. No final da manhã, quando as duas estavam vasculhando a borda da floresta, o guepardo farejou uma abetarda no ninho. O grande pássaro escapou correndo e batendo as asas, mas deixou para trás seus ovos. Arinê provou um ali mesmo, furando a casca e sorvendo-o cru. Era recém-posto, uma delícia!

Guardou os outros dois para depois. Hora de regressar. A subida era longa e as duas pararam um instante à sombra de uma figueira. No alto da copa, alguns frutos começavam a madurar. Esquecendo o cansaço, a garota trepou na árvore, usando os pés e as mãos para içar-se até o topo. Sua colheita estava quase terminando quando uns gritos medonhos ecoaram na floresta. Gritos de gente, rugidos de fera. Depois, um silêncio mortal. E se fosse Madih? Procurando até onde a vista alcançava, Arinê enxergou uma silhueta caída ao pé de uma árvore. Com o coração a mil, desceu da figueira aos escorregões. Juntou depressa seus pertences e chamou para junto de si o guepardo. Foi correndo morro acima descobrir o que havia acontecido.

Com o rosto ensanguentado, o homem parecia muito machucado. Encostado ao tronco, as pernas esticadas, ele ainda segurava um longo punhal na sua mão esquerda. O braço direito estava dependurado num ângulo estranho, quebrado ou deslocado. A dor devia ser intensa, avaliou a menina. De repente, um som a alertou: os pelos da nuca eriçados, Sumani rosnava. Acompanhando o seu olhar, Arinê descobriu um leopardo à espreita no alto de um cedro. Caminhando para trás, chamou Sumani e foi se afastando devagar, com o olhar pregado na fera. Parou a uma distância segura, retirou o zunidor do cinto e desenrolou a corda para girar o instrumento, tentando não tremer. Começou a girar, a girar, cada vez mais alto, cada vez mais rápido, até que a vibração da madeira se transformasse num zumbido contínuo e poderoso. Mantendo o mesmo ritmo de rotação, a menina voltou caminhando passo a passo até parar embaixo do cedro, aproximando o mais que podia a trajetória do zunidor do leopardo empoleirado. Perturbado pelo barulho infernal de mil abelhas furiosas que ele não conseguia enxergar, o animal desceu aos pulos e fugiu através da floresta.

Arinê aproximou-se para ajudar o homem. Reconheceu Zarg. Ele havia soltado o punhal e olhava para ela. Mal conseguia falar:

— Por... favor, ... meu... braço...

Mesmo sabendo que Zarg era um dos seguidores de Tarek, Arinê era uma aprendiz de curandeira e tinha jurado ajudar os membros do clã. A contragosto, ajoelhou-se ao lado do ferido e começou a apalpar seu braço, da ponta dos dedos até a base do pescoço, procurando por ossos quebrados. As mãos da menina eram tão leves que ele nem reclamou. Após alguns minutos, diagnosticou:

— O osso do braço saiu do lugar e o pulso parece quebrado. Preciso reencaixar o braço primeiro e depois imobilizarei o pulso. Vai doer.

Calado, Zarg assentiu com a cabeça. Deitada ao longe, Sumani assistia à cena. Não gostava do cheiro do homem. Não lhe parecia confiável.

Em várias ocasiões, Arinê havia assistido a Madih na hora de recolocar um ombro deslocado. Ajudava a segurar o paciente, sobretudo quando era uma criança que não queria ficar quieta. Procurou lembrar os gestos da sua mestra e começou a executar a manobra enquanto recitava mentalmente: segurar o cotovelo e dobrar o braço dele devagar, fazendo-o apoiar sua mão no meu ombro. Com o movimento, Zarg grunhiu.

— Se seu pulso está doendo, use sua outra mão para firmá-lo e deixe o peso do braço descansar sobre meu ombro.

Zarg obedeceu. Gotas de suor rolaram em sua testa. Com gestos firmes, Arinê começou a massagear os músculos do braço deslocado e do ombro. Quando sentiu que a musculatura estava totalmente relaxada, empurrou suavemente até o braço reencaixar. O alívio de Zarg foi imediato. Com um cordão e um pedaço de casca de árvore, a menina fez uma tala para o pulso quebrado, e com a funda de couro do guerreiro, uma tipoia para o braço. Finalizou limpando com um pouco de água o sangue grudado no rosto de Zarg. O leopardo devia ter atacado por trás, as garras tinham rasgado o couro cabeludo e a orelha esquerda. Mas como um guerreiro tão aguerrido havia se deixado surpreender por um leopardo? O bicho costumava caçar à noite. Arinê calculou que Zarg tinha dormido empoleirado no cedro e, com o ataque, despencara do alto, caindo sobre o braço. Estaria espionando a serviço de Tarek? Era preciso tirar isso a limpo, agora que ela tinha uma vantagem a seu favor: o pagamento devido à curandeira.

— Zarg, você está vivo?

— Estou.

— O leopardo fugiu?

— Fugiu.

— Então agradeça à Grande Mãe por mandar uma curandeira.

— Obrigado, ó Grande Mãe, por enviar-me a sua curandeira.

— A curandeira merece um pagamento?

Contrariado, Zarg teve de responder:

— Merece. E qual é o pagamento escolhido pela curandeira?

Arinê pensou um pouco e respondeu:

— Uma vida por outra vida. Quero que você me proteja de Tarek e de seus homens.

A menina era esperta, não havia como negar seu pedido. Zarg respondeu:

— Uma vida por outra vida, juro protegê-la.

"E que a Grande Mãe me proteja da fúria de Tarek quando ele ficar sabendo", pensou a hiena.

7. O santuário

Madih saboreava a paz que reinava no lugar. Uma quietude que o caminhar lento da curandeira procurava não perturbar. "Estou segura", pensava ela, "aqui Tarek não me alcança". Como sempre fazia quando voltava ao santuário, parou um instante para apreciar a paisagem: os altos paredões de arenito rosa guardavam dos intrusos uma arena natural cheia de vegetação, onde pequenas piscinas refletiam o azul do céu. Sedenta, a peregrina desceu a trilha que levava à cascata, estranhando a ausência dos bandos de borboletas que costumavam enfeitar o lugar.

Um filete de água que escorria sobre a rocha era tudo o que restava da pequena cachoeira. Para beber, Madih precisou ajoelhar-se. A canção do rio, que já enchera de vida todo o santuário, transformada em um mero sussurro. Com o coração cheio de espanto e tristeza, a anciã encostou a testa na rocha, deixando que a água lhe molhasse o rosto. Depois, mais serena, foi caminhando rio acima, ora pela trilha, ora cortando pelo leito de pedras até chegar ao pé do paredão, no ponto onde o rio surgia por uma fenda.

A vazão era pouca. "O coração da montanha está

batendo devagar", refletiu a velha curandeira, "será que vai parar?". A água que saía da rocha mal tinha força para encher o primeiro poço e deslizar para o segundo. Com o olhar, acompanhou o curso do rio: nas piscinas mais abaixo, onde o fluxo quase parava, as algas estavam se multiplicando, e uma camada de areia branca cobria o fundo seco da última piscina, uma longa cisterna que se perdia debaixo da rocha, na extremidade oposta do santuário. A falta de água deixava à mostra um segredo: da cisterna saía um subterrâneo que se comunicava com o Grande Lago. Esse segredo era compartilhado pelos crocodilos que, há gerações, usavam o local como berçário. A cada ano, as grandes fêmeas do lago chegavam pela passagem para cavar seus ninhos no barranco arenoso que ladeava o reservatório natural. Ali elas permaneciam até que as crias saíssem do ovo. A salvo dos predadores, os filhotes cresciam e aprendiam a caçar suas primeiras presas: insetos e rãs. Quando já conseguiam apanhar os peixinhos ariscos do poço, era hora de voltar com as mães para o Grande Lago, aproveitando as chuvas para nadar pela passagem inundada.

A primeira vez que Madih entrara no santuário para ser iniciada, ficara com medo dos crocodilos. Sua mestra Misa contara-lhe que, ao buscar nascentes na montanha, uma feiticeira (talvez a primeira vidente) havia encontrado o berçário e invocado sobre ele um tabu, proibindo os caçadores ou a qualquer um de perturbar os ninhos. Observara também que, quando os ovos eclodiam, logo depois as chuvas chegavam e que quanto maior a quantidade de filhotes, mais chuva caía durante a estação. Como as mães não saíam do berçário até que os pequenos crocodilos estivessem crescidos, elas quase não comiam, sobrevivendo da gordura acumulada em suas caudas. Então, quando a vidente visitava o santuário, passou a alimentá-las. Os animais foram se acostumando, as mesmas fêmeas voltando ano após ano. Uma relação de confiança se estabeleceu, a ponto de algumas delas passarem temporadas no santuário só para serem alimentadas. A própria Misa possuía um bicho desses, uma enorme fêmea que se distinguia das demais pelas finas pulseiras de contas de ovo de avestruz enfeitando as suas quatro patas.

Mas Madih não era Misa. Quando a mestra havia morrido em idade avançada, adormecendo em uma noite para acordar no outro mundo, seu animal de estimação havia deixado o santuário e voltado para o Grande Lago. Depois, toda vez que Madih ouvia os pescadores falarem de um enorme Crocodilo Espírito que usava pulseiras, mal conseguia segurar o riso. Sucedendo Misa, ela havia continuado a visitar o santuário, vigiando a eclosão dos ovos para prever a chegada e a duração da estação chuvosa. Costumava, então, montar armadilhas para pegar os ratos-d'água que roubavam sua reserva de grãos e oferecia os pequenos ladrões aos crocodilos. Até o dia em que o berçário fora abandonado pelos grandes répteis: pressentindo a seca, haviam escolhido outro sítio, mais perto das águas profundas do lago. Naquele ano, só duas fêmeas velhas haviam voltado; Madih não saberia dizer se era para se despedir ou para comer mais alguns ratos-d'água antes de abandonarem para sempre o santuário, alguns dias depois. Ela avisara Medaq do acontecido, profetizando uma falta de chuva que faria sofrer o Povo do Peixe. O velho chefe, um antigo caçador de hipopótamos, respondera-lhe o seguinte:

— Quando eu era jovem, cada guerreiro queria ter seu colar de dentes de hipopótamos. Quanto maior o dente, maior o hipopótamo e mais valente o caçador. "Maior o hipopótamo" queria dizer mais velho e também mais esperto; nas caçadas, muitos homens bons morreram ou ficaram feridos. Mas eram tantos troféus para a gente pegar... Tirávamos só o marfim, o couro e os melhores pedaços de carne, o resto ia para os crocodilos. Acho que a Grande Mãe ficou ofendida com tanto desperdício. De repente, os hipopótamos sumiram. Ainda assim, não passo um dia sequer sem afiar a ponta do meu arpão. Vai que eles resolvem voltar...

A curandeira costumava respeitar as opiniões de Medaq, mas quando o velho relembrava seus tempos de caçador de hipopótamos, ele perdia toda a sensatez, sonhando acordado com as glórias da sua juventude. Madih, no entanto, não falou para mais ninguém que os crocodilos haviam abandonado o santuário. Apenas continuou prevendo a seca, temporada após temporada, enquanto tentava descobrir novas nascentes para evitar o pior. No fundo, um pouco como Medaq e seus hipotéticos hipopótamos, ela ainda esperava o dia em que um crocodilo-fêmea voltaria ao santuário para fazer seu ninho. Agora, porém, ela sabia que aquilo nunca mais aconteceria, pois o rio estava morrendo diante dos seus olhos.

O sol começara sua descida, tingindo de laranja o arenito, e ela precisava achar comida. Na pequena caverna que lhe servia de abrigo quando vinha ao santuário, pegou um cesto, uma velha peneira e um arpão de ferrão de bagre. Foi pescar nas piscinas e logo encheu o cesto de peixinhos e rãs. De volta à caverna, tirou da sua bolsa de curandeira o material para fazer fogo: um pouco de palha, o fundo de um pote quebrado, uma vareta de madeira escura e um pedaço de galho, furado numa ponta. Sentou-se no chão, firmando o galho com um dos pés. Encaixou a vareta no furo e começou a girá-la entre as palmas estendidas. As mãos de Madih não paravam, descendo e subindo depressa ao longo da haste polida pelos anos de uso. No ponto de atrito entre a ponta dura da vareta e seu encaixe no galho macio, um montinho de serragem foi crescendo. Sob o calor da fricção contínua, uma fumaça apareceu. Delicadamente, Madih depositou a serragem fumegante sobre o pedaço de cerâmica e, agitando-o no ar, fez nascer uma brasa vermelha, o olho do fogo. Com sopros e palha, foi alimentando a brasa, até surgir uma chama amarela que lhe serviu para acender a folhagem seca e os galhos que havia amontoado entre as quatro pedras de cozinhar. O crepitar da fogueira alegrou a curandeira. Após comer os peixinhos e as rãs, assados no ponto (um banquete nesses tempos de carestia!), Madih procurou pelas melancias miúdas que costumavam crescer no alto do barranco, perto da cisterna. Encontrou apenas uma, esquecida pelos ratos-d'água, perfeitamente madura. Há tempos não saboreava tal iguaria. Por um instante, quis que Arinê estivesse com ela. Teria chegado a hora de iniciar a menina às artes da água? Madih continuava indecisa, precisava de conselhos.

A refeição terminada, tomou banho na primeira piscina e deitou na rocha quente para se secar. O corpo alimentado e purificado, decidiu visitar o túmulo onde Misa descansava, debaixo de um cedro. Lá, pediu ajuda e proteção para ela, Arinê e todo o Povo do Peixe. As sombras da tarde já manchavam de púrpura os paredões rochosos. Madih voltou para o abrigo, deitou ao lado da sua fogueira e começou a sonhar.

Inteiramente branca, a coruja tinha o tamanho de um ser humano. À medida que se aproximava, sua cabeça ia ganhando feições humanas, que revelaram o rosto de Misa. A criatura abriu suas asas para abraçar Madih que, ao toque suave das plumas, transformou-se num ser semelhante. As estranhas aves saíram voando por um céu escuro salpicado de estrelas. Após subirem em círculos cada vez mais largos, Misa pairou um instante diante de Madih, antes de deixar-se cair feito uma pedra. A poucos metros do chão, abriu as asas e mergulhou a toda velocidade através da fenda por onde o rio surgia. Madih repetiu perfeitamente a manobra, embriagada pela sensação do vento deslizando sob as suas penas. Aterrissou dentro de um enorme salão subterrâneo. Em volta dela, olhares cor de chuva reluziam na escuridão. Por mais que se esforçasse, conseguia apenas vislumbrar uma massa indistinta de silhuetas e murmúrios. Das sombras surgiu Misa em sua forma humana. Sem mexer os lábios nem abrir a boca, a velha mestra fitou Madih e começou a profetizar:

— Você é a última vidente das Falésias Vermelhas.

Um eco de vozes murmurantes repetiu:

— ... úúúúl-ti-ma...

— O Povo do Peixe seguirá o caminho das nuvens.

O murmúrio recomeçou:

— ... ca... mi-nho... das... nuuu-vensss...

— Arinê será a nova nascente.

— A... ri...

Madih abriu os olhos. A noite estava quente, mas ela tremia. Talvez fosse a febre voltando. Colocou mais galhos na fogueira e ficou acordada, tentando decifrar o sonho. Ao amanhecer, foi andar pelo santuário. Debaixo dos seus pés, um silêncio opaco. Aflita, descobriu que a água não jorrava mais da fenda. Aproximou-se, tentando enxergar pelo vão se algo impedia a vazão do rio, mas não se via nem se ouvia nada. O coração da montanha havia parado de bater. Logo, o santuário ia secar e as nascentes das Falésias Vermelhas também, uma a uma. O Povo do Peixe estava condenado a morrer de sede. A não ser que...

8. O sacrifício

Tarek não escondia sua satisfação: a bruxa velha estava em seu poder. Trancada e vigiada por dois guerreiros, ela não ia escapar do seu destino: no dia seguinte, diante do clã reunido, seria sacrificada.

A bem da verdade, ele não entendia por que Madih havia se entregado sem resistência. Naquela manhã, ela apenas aparecera no meio do povoado que começava a despertar. Os guardas encarregados de controlar os caminhos que entravam e saíam das Falésias Vermelhas juravam não a terem visto chegar. Tarek passara o dia tentando fazer sua prisioneira falar, mas ela parecia desorientada, não dizia coisa com coisa, como se estivesse com febre. Havia momentos em que ela tremia e chorava sem parar, outros em que caía num sono profundo, o coração batendo muito devagar, como se fosse morrer. Já que ela nada quisera revelar sobre o paradeiro de Arinê, era melhor sacrificá-la antes que acabasse morrendo naturalmente. O sangue da vidente traidora deveria agradar ao Espírito da Água. Quem sabe a velha fazedora de chuva, que não fazia mais chover, teria finalmente alguma serventia?

Recolhida na caverna apertada que lhe servia de cela, Madih se preparava mentalmente para o dia seguinte. A sua atuação até agora conseguira enganar Tarek, que, sem querer, havia fornecido uma informação preciosa: Arinê não fora capturada. Mas aquele era um jogo perigoso, sentia que caminhava na beira de um precipício. Qualquer movimento em falso e tudo estaria perdido. Para ela, para Arinê e sobretudo para o Povo do Peixe. No seu plano, uma coisa a preocupava: não saber como o chefe pretendia matá-la. No decorrer da sua longa vida, não se lembrava de um único sacrifício humano no clã. Quando era bem pequena, os mais velhos falavam de crianças desobedientes jogadas aos crocodilos, mas eram lorotas para amedrontar os espíritos mais rebeldes. Aliás, esses mesmos velhotes contavam a história do hipopótamo de duas cabeças que vinha na calada da noite para raptar os meninos e as meninas que não queriam dormir. Alguma coisa na mente de Madih murmurava que Tarek, outrora um menino mimado e medroso, bem que poderia querer ressuscitar os demônios da sua infância.

Após uma noite agitada, acordou com o guarda entrando em sua cela. Trazia-lhe água fresca, mingau de raízes doces, peixe grelhado e uma cabaça cheia até a borda de uma bebida fermentada de grãos e mel. Logo atrás, apareceu Tarek dizendo:

— Meu coração se alegra em ver que nossa curandeira está melhor. Que bom! Você precisa se alimentar bem para que seu último dia entre nós a faça feliz. Assim lhe será mais fácil interceder pelo clã junto ao grande Espírito da Água.

Sem ligar para as palavras irônicas do inimigo, Madih respondeu:

— Sei que há muito tempo a falta de chuva está castigando o Povo do Peixe. Já vivi muito e se minha morte puder acabar com a seca, morrerei feliz. Mas devo me preparar adequadamente para o sacrifício e, para tanto, preciso saber como vou deixar este mundo e entrar para o outro, para cumprir a minha missão.

Tarek pensou um pouco e disse:

— Mas é o próprio Espírito da Água que virá buscá-la. Algo mais?

Sem deixar transparecer nada dos seus sentimentos, Madih ainda arranjou forças para uma última barganha:

— Aceito o meu destino, mas você deve me prometer que deixará Arinê em paz.

O pedido exasperou Tarek, que queria humilhar Madih e vê-la implorando pela sua vida.

— Mas isso não depende de mim, mas sim de você, sua vidente inútil! Trate de fazer valer seu sacrifício e faça chover, senão Arinê será a próxima!

A anciã não se abalou. Já conhecia a verdadeira face de Tarek. Quando ele e o guarda foram embora, tratou de comer até a última migalha da comida e tomou toda a água, mas derramou num canto a bebida fermentada após provar um pequeno gole. O mel não conseguia esconder o gosto amargo de uma planta que ela sabia ter o poder de entorpecer. O momento para o sono eterno não chegara ainda. Ela precisava mais do que nunca de todas as suas forças. Desde que ela viera do santuário pela passagem secreta e aparecera no meio do povoado para se entregar, ela sentia que não estava só. Era como se carregasse em seu coração o amor e a sabedoria de cada uma das antigas mestras da água.

O próprio espírito viria buscá-la... O que significava aquilo? Enquanto Madih tentava decifrar o enigma, o guarda voltou e ela foi escoltada para fora. Ao sair da escuridão da cela, a luz intensa feriu seus olhos. Durante a marcha forçada pelas ruas do povoado, uma procissão começou a se formar: as pessoas saíam dos seus abrigos para vê-la passar e depois entravam no cortejo em silêncio. Todos os aldeões estavam presentes: homens e mulheres, velhos e crianças. A cada passo, Madih podia ver em seus rostos as marcas da fome e da doença. Se alguns olhavam para ela com raiva, muitos pareciam lamentar o destino que a esperava. Mas com os seguidores de Tarek espalhados ao longo do caminho, ninguém ousava apoiá-la abertamente.

Quando o grupo saiu da aldeia e desceu rumo à antiga praia, todos, inclusive Madih, puderam descobrir os preparativos ordenados por Tarek. Apoiados em seus grandes bastões cerimoniais, os anciões do clã estavam enfileirados na margem seca do lago. Entre eles se encontrava Medaq. Magro e abatido, o velho guerreiro lutava para manter uma postura ereta. Por um instante, seu olhar cruzou com o da feiticeira e ela ficou grata pelo sorriso triste e desdentado que ele esboçou. No final da praia, uma figura mascarada gesticulava freneticamente ao ritmo de flautas e tambores, diante de um cercado guardado por vários homens armados com lanças. O coração de Madih acelerou, pressentindo que a morte esperava por ela atrás daqueles tocos de madeira. Respirando fundo, procurou afastar a vertigem do medo e raciocinar. Enquanto se aproximava do local escolhido para seu sacrifício, observou que a cerca construída às pressas não era muito alta. Algo dentro dela sussurrou: crocodilo...

A vidente da água parou de repente e, virando-se para os aldeões que a seguiam, começou a falar do santuário vazio e do coração da montanha que havia parado de bater. Em vão: obedecendo a um comando do mascarado, o toque ensurdecedor dos tambores encobriu a sua voz e as lanças dos guardas forçaram-na a continuar andando. Diante do cercado, teve os pulsos amarrados e os tornozelos entravados, para que não escapasse, e a boca tampada para que não gritasse. Tudo estava perdido, o plano de Madih não dera em nada. Ela havia fracassado com Arinê e fracassado com seu povo. Pior do que tudo, sabia que sua morte não traria uma única gota de chuva. O pânico estava tomando conta dela quando o mascarado se aproximou e gritou para que todos ouvissem:

— Povo do Peixe, aqui está Madih, a traidora do nosso clã. Que a dádiva do seu sangue e da sua carne possa agradar ao grande Espírito da Água. Que sua morte traga a bênção da chuva sobre nós.

Ao ouvir essas palavras, Madih reconheceu a voz de Tarek. Era ele o mascarado. Com os olhos insanos brilhando atrás da carranca medonha, ele se aproximou para atormentá-la. Entre os dentes afiados da sua boca de madeira, soprou:

— Arinê será a próxima!

Golpeada pelas palavras do inimigo, a feiticeira fraquejou e caiu desmaiada. Quando recobrou os sentidos, estava deitada dentro do cercado. Acima dela, viu um par de abutres rodopiando no céu. Com muito esforço, apoiou-se sobre as mãos amarradas e, lutando para dobrar suas pernas entravadas, conseguiu se sentar. Olhou em frente e viu, do outro lado da paliçada, as silhuetas dos anciões com seus bastões maiores do que eles. Apertando os olhos para enxergar melhor, avistou Medaq ao lado do sobrinho mascarado. "Tarek quer saborear de perto o sofrimento do tio", refletiu Madih. Atrás deles, os guardas e suas lanças afiadas mantinham o restante dos aldeões a distância. A feiticeira começou a estranhar o silêncio. Era como se o tempo tivesse parado. As pessoas olhavam em sua direção, esperando. Um bramido surdo ressoou atrás dela e a plateia estremeceu. Madih virou a cabeça e descobriu um enorme crocodilo vindo lentamente em sua direção.

A velha fêmea fora capturada numa armadilha montada pelos homens de Tarek, a muitos dias de caminhada ao sul da aldeia, perto dos alagadiços onde os crocodilos haviam encontrado refúgio. Atraída por uma carniça de porco selvagem, ela fora encurralada num fosso estreito cavado pelos homens. Dois guerreiros haviam perdido a vida na empreitada, mas, depois de muitos esforços, o restante do grupo conseguira regressar com o animal amarrado e prendê-lo dentro do cercado, alguns dias antes da prisão de Madih. Desde então, o crocodilo não recebera nenhuma comida, apenas um pouco de água para molhar seu couro. O plano de Tarek era deixar o animal faminto para que se jogasse logo sobre a vítima e a devorasse. Irritado, o enorme animal passava a maior parte do tempo deitado à sombra do paredão rochoso, com a boca aberta tentando se refrescar.

Ao perceber alguma coisa dentro do cercado, a velha fera farejou o ar, intrigada. Depois foi se aproximando da presa devagar. Ela já não enxergava tão bem, mas seu olfato ainda era apurado e ela reconheceu o cheiro. Uma fragrância de plantas e flores amassadas, um perfume delicioso de chuva e terra molhada, de penas brancas e ratos-d'água. O cheiro do santuário. O crocodilo deitou-se ao lado de Madih, encostando o enorme focinho em sua pele negra, as narinas bem abertas para se deleitar de aromas e lembranças. Mais morta do que viva, Madih descobriu sobre a pata escamosa do venerável monstro os restos de uma velha pulseira. Depois, tudo aconteceu muito rápido, como num sonho.

9. O amuleto

O corpo de Madih repousava imóvel sobre a sepultura de Misa, mas o seu espírito voava alto, feito um falcão deslizando ao sabor do vento. Caçava nuvens. Procurava manadas inteiras delas, o bastante para saciar a sede do seu povo. Como bestas selvagens que fogem dos homens, as nuvens se escondiam em algum lugar do azul do céu, indiferentes aos chamados da velha fazedora de chuva. Após respirar profundamente, Madih abriu os olhos. Na paz do santuário, procurou uma vez mais entender o que havia acontecido.

Ela se lembrava da sensação de terror se transformando em espanto quando compreendeu que a fera era o crocodilo de Misa. O enorme animal encostara delicadamente o focinho no seu colo e ficara fungando, a boca entreaberta, como se bebesse o seu cheiro. Era tão sobrenatural que, por um momento, as águas do tempo pararam. De repente, um urro de raiva a fez voltar à realidade: Tarek havia tirado a máscara e apontava uma lança para ela, o rosto cheio de ódio, berrando "Morra, traidora, morra!". Mas um clamor havia encoberto a sua voz. Os anciões e o povo invocavam o tabu e pediam o perdão de Madih aos gritos de "Tabu! Tabu! O crocodilo a escolheu! O crocodilo a escolheu!", enquanto os homens de Tarek tentavam controlar a situação.

O que havia ocorrido depois era um tanto confuso. Recordava-se de Medaq pendurando-se no braço de Tarek para impedi-lo de arremessar a lança e da sua careta de dor e desespero ao ser jogado ao chão. Depois disso, ela só tinha a vaga lembrança de um vulto enorme encobrindo a sua visão e da sensação de ser lançada para o alto. Devia ter perdido os sentidos, porque, ao acordar, não estava mais no cercado, e sim deitada debaixo de um teto de palha, com a cabeça latejando de dor e Medaq ajoelhado perto dela, cabisbaixo. Ao ver que ela estava viva e tentava se levantar, ele a impedia, explicando:

— Bateu forte a cabeça, precisa repousar. Quando Tarek viu que o crocodilo não ia te devorar, ele ignorou a vontade do Espírito da Água e atirou a lança para te matar. Mas o crocodilo pulou na frente e te salvou. No choque, você bateu com a cabeça e desmaiou. O crocodilo queria te proteger e, mesmo com a lança atravessada na garganta, ainda agarrou Tarek e o sacudiu até rasgá-lo em pedaços. Depois, rastejou para morrer ao teu lado.

Agradecida por estar viva, Madih havia preferido não questionar a versão de Medaq. O fato de os homens de Tarek terem capturado justamente o crocodilo de Misa podia ser um sinal dos espíritos ou um desses acasos que mudam o curso do destino…

Em poucas palavras, Medaq a colocara a par do que havia se passado no povoado enquanto ela pairava entre a vida e a morte: assustados com o crime de Tarek e seu castigo brutal, os aldeões haviam corrido para se abrigar em suas casas, apavorados com a ideia de que alguma desgraça pudesse recair sobre eles também. Os anciões, reunidos em conselho, não sabiam o que fazer, pois somente uma Vidente das Águas era capaz de apaziguar o espírito do crocodilo e conduzir seu funeral. Quanto ao corpo mutilado de Tarek, nenhum familiar viera reclamá-lo, por medo de represálias, e ele continuava jogado dentro do cercado, a alguns metros do grande crocodilo morto. Quando correra a notícia de que Madih estava viva, a reação dos aldeões havia sido comovente: cada um queria tocá-la, para ter certeza que ela voltara mesmo do mundo dos mortos. Fora preciso organizar uma fila e recusar, com gentileza, as pobres oferendas que muitos insistiam em lhe trazer. Depois disso, ela não tivera nenhuma dificuldade em convencer a todos que era preciso deixar as Falésias Vermelhas. Com a morte do crocodilo, a maioria achava que o lugar era amaldiçoado.

Com os ânimos se apaziguando, ela havia chamado os parentes de Tarek, dizendo que deviam queimar o seu corpo e confiar seus restos ao Grande Lago, para que ele reencontrasse o pai e deixasse os vivos em paz. Medaq havia recolhido as cinzas do sobrinho numa pequena urna de barro cru e designado três guerreiros jovens entre seus parentes para enterrá-la em águas rasas, no lodo do lago.

Sem revelar que o crocodilo pertencera à Misa, Madih havia pedido aos anciões que convocassem os seguidores de Tarek para ajudá-la a enterrar o animal sagrado no santuário, único lugar apropriado para honrar o seu espírito. Havia explicado em seguida que era preciso reconciliar esses homens com o clã e ganhar a sua lealdade. Muitos eram guerreiros destemidos, e o Povo do Peixe ia precisar de cada um deles para enfrentar os perigos da grande mudança. Chamados diante do conselho, todos haviam jurado obediência à velha feiticeira.

Fixado a uma grande armação de troncos, o cadáver do crocodilo carregado pelo grupo de homens havia deixado as Falésias Vermelhas no mais absoluto silêncio. A curandeira havia guiado o cortejo funerário até a entrada da passagem secreta. Ali fizera todos prometerem que nunca revelariam a ninguém o que iriam ver e ouvir dentro do santuário, sob pena do tabu recair sobre eles e seus parentes. Para selar o juramento, Madih havia recolhido um pouco do sangue do grande réptil e ungido cada homem do grupo, nomeando-os "Irmãos do Crocodilo". Emocionados, os guerreiros haviam seguido a feiticeira dentro do túnel, parecendo não se importar com os machucados que as paredes rochosas da estreita passagem infligiam a suas costas, braços e pernas, empenhados que estavam em levar o crocodilo sagrado até sua última morada.

Com o enterro terminado, Madih decidira permanecer no santuário, mandando a "Irmandade do Crocodilo" voltar para a aldeia e ajudar Medaq com os preparativos antes da grande jornada. Uma vez sozinha, tinha ido deitar sobre a sepultura de Misa, em busca de proteção e conselhos. Enterrado ao lado da velha mestra, sob um montículo coberto por pequenos seixos brancos, o animal de estimação de Misa cumprira o seu destino.

— Obrigada, Misa, seu crocodilo me salvou. Espero que ele lhe faça companhia no santuário do outro mundo, lá onde a água não para nunca de jorrar. Agora compreendo as suas palavras. Serei mesmo a última vidente das Falésias Vermelhas, pois o Povo do Peixe vai deixar o seu lar. Mas como guiar meu clã, se eu ainda não descobri o caminho da chuva? Ah! Poderosa vidente, as nuvens não me obedecem. O Povo do Peixe precisa tanto de mim, mas sinto-me velha e fraca. Ajude-me a encontrar o caminho...

Fora assim, deitada sobre o túmulo debaixo do cedro, esperando uma resposta de Misa, que a velha feiticeira passara o resto do dia olhando para o céu, a procurar um sinal. Em vão. À luz dos últimos acontecimentos, a vidente tentava decifrar o seu destino. De repente começou a pensar em Arinê. A menina que sabia falar com os animais, talvez falasse a língua das nuvens. Decidiu, então, que na manhã seguinte, bem cedo, iria buscá-la. O prazo de sete dias estava acabando, precisava apressar-se. Com sede e com fome, preparou-se para voltar ao povoado. Levantou-se e olhou uma última vez para os túmulos de Misa e do crocodilo, despedindo-se deles em seu coração. Ia dar meia-volta para partir quando percebeu uma leve pressão debaixo do seu calcanhar direito. Levantando o pé, descobriu uma aresta branca e polida despontando do solo avermelhado. Agachou-se para desenterrar o achado e logo reconheceu o dente de hipopótamo delicadamente entalhado e furado: era o amuleto que Misa usava para chamar a chuva. Sepultado com ela, como viera parar na superfície? O cordão devia ter apodrecido...

Madih não perdeu muito tempo perguntando-se o que o fizera aflorar. Mão de homem ou mão de espírito, aquilo pouco importava. Era o sinal que esperava. Grata, fechou o valioso objeto na sua mão e deixou o santuário sem olhar para trás. Caminhando pela passagem secreta, sentiu um farfalhar de asas invisíveis a lhe tocar o rosto. Ao sair do túnel, adivinhou, na luz do poente, uma revoada de corujas brancas rumando para o sul.

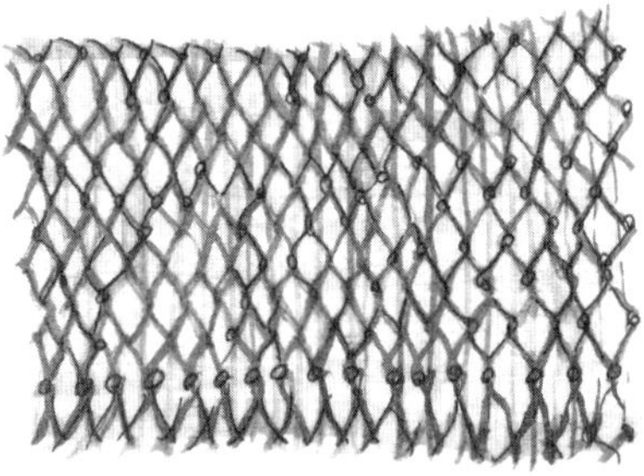

10. A rede

Madih tentava descansar, mas o balanço contínuo da rede e os solavancos na subida não ajudavam muito. A ideia de carregá-la numa rede de pesca viera de Medaq. Aliás, com a morte de Tarek, o velho chefe parecia ter recobrado quase toda a sua energia e muito do seu antigo prestígio. Naquela manhã, quando soubera que sua amiga, tendo voltado do santuário na noite anterior, já estava de partida em busca de Arinê, mandara chamá-la.

— O clã precisa de você mais do que nunca! Você não pode se aventurar por aí sem proteção. Por isso, você vai viajar sim, mas com uma escolta.

Os três homens escolhidos eram os mais robustos da Irmandade do Crocodilo. Um levava a água, os mantimentos e as armas. Os outros dois carregavam no ombro uma vara que sustentava a grossa rede de pescador. Era um transporte incomum, reservado aos doentes e feridos. Sem dizer uma palavra, Madih havia se ajeitado na rede. No fundo, ela até tinha gostado da ideia de Medaq. Sentia-se cansada, sua cabeça ainda latejava e ela não se importava mais em revelar a localização do esconderijo. Só queria rever sua menina.

No céu avermelhado, o sol estava se pondo e um fino crescente de lua já anunciava a noite, a sexta desde que ela havia deixado a mensagem no chão da caverna. Seguindo as suas instruções, a comitiva finalmente parou: após um dia inteiro viajando, haviam chegado. Ajudada pelos homens, Madih desceu da rede e começou a chamar por Arinê, mas a garota não apareceu. Entrou: só viu brilhar na sombra as brasas da fogueira. Pediu que os homens reavivassem o fogo e fizessem umas tochas para poder enxergar melhor. Não havia ninguém, mas pelo estado da gruta e a falta de alguns objetos, pôde deduzir que Arinê havia saído não fazia muito tempo. Madih estava reparando também num cheiro estranho que impregnava o lugar e em restos de plantas e unguentos abandonados num canto. Alguém estava ferido...

De repente, um dos homens achou um pequeno seixo caído num canto. Era branco, perfeitamente redondo e pertencia a Zarg, disso o homem tinha certeza, pois somente a hiena tinha o costume de polir desse jeito as pedras para sua funda. Quanto ao cheiro azedo que persistia, só podia ser o dele. Os outros confirmaram: Zarg estivera ali. "Vai ver", disseram, "acabou encontrando o esconderijo e capturou Arinê." Diante da cara aflita de Madih, os três homens procuraram convencê-la de que ele já devia estar a caminho das Falésias Vermelhas com sua prisioneira. Acrescentaram que a hiena não era um homem ruim, apenas um cumpridor de ordens que entregaria a menina sã e salva no povoado.

Madih se esforçou para não deixar transparecer sua angústia e engoliu, calada, a comida preparada pelos homens: caldo de peixe seco e papa de raízes doces. Depois, quando a sua escolta já dormia e roncava alto, ela se permitiu chorar, baixinho, rogando à Grande Mãe que reencontrasse logo a sua Arinê. Mal sabia ela que o destino tinha outros planos. E tudo isso por causa de uma rede de pesca. Pois é! Quem diria que esse simples detalhe mudaria o futuro do Povo do Peixe...

O que havia se passado é que, ao ouvir vozes se aproximando, Zarg fora averiguar. Logo reconheceu os homens de Tarek, seus antigos comparsas, carregando alguém numa rede a quem perguntavam o caminho até a caverna e ouviu, pasmo, a própria Madih respondendo! Ele, que nada sabia dos últimos acontecimentos, pensou que a velha curandeira havia sido capturada e forçada a revelar o paradeiro de Arinê. Achou que os três homens vinham levar a menina para ser sacrificada ao Deus Crocodilo. É preciso contar que durante os poucos dias passados no esconderijo, o guerreiro começara a gostar da pequena e, como Sumani, deixara-se amansar. Era grato pelos cuidados e mais ainda por ela ter salvo a sua vida enfrentando o leopardo.

Diante do perigo iminente, a hiena pensou rápido: não poderia lutar sozinho contra três. O melhor a fazer era tirar Arinê da caverna e escondê-la.

Contou à menina sobre o perigo que se aproximava e os dois fugiram, levando apenas o necessário: armas, água e um resto de comida. Arinê mal tivera tempo de pegar sua bolsa e uma capa de junco que ela estava terminando de trançar. Sumani seguiu-os a distância, desconfiada das intenções daquele que ainda considerava um intruso. A fêmea se perguntava como alguém com um cheiro tão ruim poderia ser uma boa companhia.

Por sorte, Zarg sabia aonde ir. Enquanto sarava dos ferimentos, ele havia explorado os arredores e descoberto um covil de fera abandonado, grande o bastante para acomodá-los. Desde que prometera proteger Arinê, ele havia começado a pensar num jeito de escapar da ira de Tarek, planejando uma possível rota de fuga. Zarg nunca fora o mais atlético ou o mais valente dos guerreiros das Falésias Vermelhas. Mas era teimoso, prudente e astuto, um sobrevivente nato. Não gostava de se arriscar à toa nem de se deixar surpreender, sempre pensava numa escapatória se alguma coisa desse errado. No dia anterior, alertado talvez por algum instinto, ele tivera a ideia de ir até o covil e limpá-lo. Jogara fora restos de ossadas e acendera uma fogueira para espantar cobras e escorpiões. E agora, acocorado em segurança no interior da toca, ele tentava imaginar o próximo passo.

Ainda assustada com a fuga repentina na escuridão e sem conseguir dormir, Arinê começou a interrogá-lo:

— O que vai acontecer com Madih? Você viu se ela estava ferida?

— Só sei que ela é prisioneira de Tarek.

— Precisamos soltá-la. Acho que eles vão passar a noite na caverna, vamos buscá-la.

— De jeito nenhum, é muito arriscado. Esses três são os mais fortes guerreiros da aldeia, vão pegar você também. É preciso esperar o momento certo.

— Mas, afinal, o que Tarek quer com Madih e comigo? O que fizemos a ele?

Zarg se deu conta de que a menina não sabia do perigo que corria. Meio sem jeito, ele perguntou:

— Madih não lhe contou nada quando fugiram das Falésias Vermelhas?

— Só me disse que Tarek a culpava pela falta de chuva e que era melhor ficarmos escondidas até as coisas se acalmarem. Daí ela some, deixa uma mensagem mandando esperar por sete dias, e quando volta é prisioneira de Tarek. Mas o que ele quer com ela? Vai matá-la? De que adianta? Não é isso que vai fazer chover!

Arinê estava quase gritando. Zarg fez sinal para que se calasse.

— Fale mais baixo! Quer ser apanhada?

Ela precisava saber a verdade e ele precisava escolher as palavras.

— Não sei como Madih foi capturada, mas eu acho que ela tentou salvar você.

— Como assim, me salvar?

— Tarek quer oferecer um sacrifício ao Espírito da Água. Ele escolheu você. Disse na aldeia que você é a culpada pela falta de chuva, pela febre, pela fome. Que, por sua causa, Madih perdeu seu poder. Disse que uma Vidente das Águas deve viver e morrer sozinha. Disse que você não é como nós, que ninguém sabe de onde você veio, que é diferente.

Arinê estava arrasada, mas não ia chorar na

frente dele. Olhou bem dentro dos olhos de Zarg e perguntou, com a voz rouca:

— Você ia me entregar para ele, não é? Acredita também que sou culpada?

A hiena suspirou antes de responder:

— Já acreditei, mas não acredito mais. A febre levou minha mulher e meu filhinho, fiquei meio doido. Hoje sei que a maldade não cura nada. Minha palavra é a única coisa que me restou. Só sei que prometi protegê-la e vou cumprir minha promessa. Agora durma, vamos andar muito amanhã.

— Promete que vai me ajudar a salvar Madih?

Mesmo sentindo que aquilo não ia dar certo, Zarg não conseguiu negar o pedido da pequena feiticeira, e ele se pegou respondendo:

— Prometo.

A menina chamou Sumani, que zanzava, inquieta, fora da toca, fazendo-a deitar ao seu lado. Zarg se sentou mais afastado, para vigiar a entrada. Já sabia o que fazer: esconderia Arinê no acampamento abandonado do Povo do Boi, ao pé da Montanha da Lua, e depois voltaria, sozinho, para as Falésias Vermelhas para dar um jeito de libertar Madih. Por enquanto, ele preferia não pensar no futuro. Sabia muito bem o que acontecia com os renegados. Longe do clã, tornariam-se presas fáceis. Esses eram tempos de escassez, não seriam bem recebidos em outros lugares.

Um pouco antes do amanhecer, Zarg se aproximou da garota que ainda dormia, abraçada ao guepardo. Sumani abriu os olhos dourados e começou a rosnar. O homem se afastou depressa. De longe, ficou cutucando Arinê com o cabo da lança, repetindo baixinho que era hora de partir, até que ela acordasse.

Enquanto os três fugitivos caminhavam rumo ao acampamento fantasma, Madih e sua escolta iniciavam a viagem de volta às Falésias Vermelhas. A longa busca nos arredores da caverna não resultara em nada. Nenhum sinal de Zarg ou Arinê. Só haviam encontrado algumas marcas de patas de felino. A velha curandeira estava inconformada. Sentia que estivera muito perto de rever a menina. Mas segundo os homens que a acompanhavam, parecia que Zarg era mestre em andar sem deixar rastro, como um velho chacal que apaga suas pegadas varrendo o chão com a cauda.

11. A volta de Zarg

Os preparativos para abandonar a aldeia haviam começado. Os homens saíam para caçar e pescar tudo o que encontravam pelo caminho, e as mulheres se encarregavam de limpar, destrinchar, defumar e salgar. As crianças também ajudavam, perseguindo calangos e ratos-d'água ou catando insetos, raízes e grãos. Velhos e velhas trançavam cestos de junco para os mantimentos e costuravam odres de couro para guardar água durante a viagem. Pesados demais, os grandes potes de barro, que eram o orgulho das oleiras do Povo do Peixe, seriam deixados para trás. O clã inteiro estava mobilizado, e os guerreiros da Irmandade do Crocodilo, acostumados aos perigos da savana, ensinavam aos garotos maiores o manejo do arco e da lança.

Enquanto os aldeões se agitavam em previsão da grande jornada, o conselho dos anciões estava reunido num terraço que dominava a aldeia e dava para o sul. Sentados debaixo de uma cobertura de palha improvisada, os velhos pescadores franziam os olhos tentando enxergar as águas azuis do Grande Lago, uma quase miragem no horizonte. Todos concordavam que deviam abandonar as Falésias Vermelhas, mas ninguém se entendia sobre a direção a seguir. As discussões vinham se arrastando há dias, sem resultado.

Medaq ergueu seu cajado, pedindo a palavra:

— Chegou a hora de decidirmos o futuro do clã. Quem estiver a favor de deixar as Falésias Vermelhas levante o braço.

A maioria levantou. Menos um ancião, que pediu para falar:

— Todos querem ir embora, mas as Falésias nos protegem, sempre nos protegeram. Aqui não tememos as feras nem os inimigos! O que espera por nós no caminho? Quantos de nós chegarão ao fim da jornada? O lago está secando, mas ainda temos nosso sal, nossas fontes e podemos caçar. Por que sair em busca da morte?

Foi a vez de Madih responder:

— A sua boca está falando a verdade. A jornada é perigosa, mas, se ficarmos aqui, nosso fim é certo. No Santuário das Videntes, a água parou de jorrar. O coração da montanha silenciou e, em pouco tempo, as nascentes vão secar, uma a uma. A serpente estrelada que anuncia o tempo da chuva já apareceu no céu e as nuvens ainda não vieram nem virão. Devemos partir rumo ao sul, seguindo a trilha dos animais que sabem onde encontrar água. Há muito tempo que os elefantes deixaram de passar pelas nossas terras. O dia em que avistarmos uma manada deles, estaremos na região da água.

Alguns anciões protestaram. Um deles, caolho e muito magro, gracejou:

— A curandeira esquece que se seguirmos rumo ao sul, vamos encontrar um tipo diferente de elefante, do tipo que tem cascos nas patas e um par de chifres na cabeça; e, montado nele, nosso inimigo.

Alguém riu. Desta vez, Medaq interveio. Falava baixo, mas todos fizeram silêncio para ouvir suas palavras:

— Não há mais tempo para brincadeira. No passado, o Povo do Boi já foi nosso aliado. Tarek está morto e, com ele, morreu também a rixa com os nômades. Se for preciso, pagaremos com sal o direito de passagem. Já mandei um grupo de homens trazer todo o sal que puderem carregar. Até lá, Madih irá negociar com o Povo do Boi. Ela sabe o idioma, falará pelo clã.

Assim ficou decidido. Madih estava se levantando para ir embora quando chegou um mensageiro esbaforido:

— ... Zarg, ele voltou!

O coração de Madih deu um pulo de alegria:

— Onde está Arinê?

— Ele está sozinho e pede para falar com você.

Sentindo as pernas fraquejarem, Madih respondeu:

— Que ele suba até aqui, para se explicar diante de Medaq e do conselho dos anciões.

Assim que pusera os pés nas Falésias Vermelhas, Zarg não demorara nada para perceber quanto as coisas haviam mudado. Após saber da morte de Tarek pela boca de um antigo comparsa, pedira para falar com Madih. Levado até o terraço, encontrou o conselho reunido e a curandeira sentada em lugar de honra, ao lado de Medaq. Jogou-se no chão diante dela e esperou.

Com a voz dura, Madih perguntou:

— O que fez com Arinê?

— Ela está sã e salva, eu juro. Minha intenção era boa. A menina me salvou das garras de um leopardo, cuidou de mim e eu prometi dar minha vida por ela. Quando vi chegar os homens de Tarek carregando a senhora numa rede, achei que era prisioneira dele e que Arinê ia ser capturada também. Por isso eu a escondi.

O braço enfaixado e o rosto de Zarg eram provas de que ele dizia a verdade. Seu crânio raspado ostentava rasgos profundos deixados pelo ataque do felino e da sua orelha esquerda pouco tinha sobrado. Na sua pele, restos de unguento de ervas, cujo cheiro característico Madih reconhecia. Sentindo renascer a esperança, a vidente perguntou:

— Onde está ela?

— Eu a deixei no antigo acampamento dos nômades, ajeitei um abrigo na rocha para ela e seu guepardo. Vão ficar a salvo das feras e dos inimigos. Fiz uma fogueira e arrumei comida e água. Amanhã mesmo vou buscá-la.

Intrigada, Madih quis saber mais sobre o tal guepardo e Zarg contou o que sabia: que o bicho acompanhava a jovem e até caçava para ela. A anciã se encheu de orgulho: além de se revelar uma curandeira competente, sua protegida detinha um real poder sobre os animais.

Naquela noite, a velha fazedora de chuva sonhou com o reencontro. Lá estava Arinê, sorrindo para ela enquanto lágrimas douradas caíam dos seus olhos redondos de guepardo. Madih queria confortá-la, mas no lugar dos braços haviam-lhe crescido asas de coruja e rajadas de vento teimavam em empurrá-la para longe da menina. Desesperada, quis chamá-la gritando seu nome: só conseguiu berrar feito uma vaca reclamando o bezerro. Por fim, um redemoinho ergueu-a nos ares até o ponto mais alto do céu e a silhueta da garota foi minguando, minguando, até sumir nos confins do horizonte.

Aborrecida com o presságio, Madih resolveu esperar pela volta de Arinê antes de partir para negociar com os nômades. Prometeu a si mesma que as duas nunca mais se separariam. Um dia se passou, depois outro e mais outro. Nada. No quarto dia, Zarg reapareceu: exausto, sedento e… sozinho. Revelou à vidente que não havia mais ninguém no abrigo. Durante dois dias, ficara procurando rastros e pegadas. Encontrara uns sinais que pareciam indicar que a menina e o guepardo haviam entrado na savana rumo ao sul. Mas na borda do mar de capim-amarelo perdera a pista. Com o rosto atormentado, os olhos brilhantes, Zarg pediu à Madih para descansar por um dia, um dia apenas, para recobrar suas forças, e depois retomaria as buscas com mais guerreiros. Jurou por sua vida que não regressaria antes de trazer a menina. A resposta da velha mulher o surpreendeu:

— Você é um bom homem. Nada disso é sua culpa. A Grande Mãe faz a sua vontade e Arinê, o seu próprio destino. Você descansará por um dia e depois iremos procurar juntos. Quero ver se ela não me deixou alguma mensagem oculta no abrigo.

Zarg saiu, um tanto aliviado. Uma vez sozinha, Madih suspirou. Sabia que não podia adiar indefinidamente a partida do clã. Logo, logo, as últimas nascentes secariam. Ela precisava ainda se entender com o Povo do Boi e muitas coisas podiam dar errado. Não era o momento para fraquezas e lamúrias. Devia confiar em Arinê. A garota era esperta, crescida, tinha até adestrado um guepardo… Provara ser uma boa curandeira e, se fosse capturada por inimigos, seus talentos a tornavam valiosa demais para ser morta. Só podia rezar para que a Grande Mãe a protegesse das garras, dos dentes e do veneno. Mas bem lá no fundo algo lhe dizia que a menina com os olhos cor de chuva já estava fora do seu alcance. As forças invisíveis, que outrora as haviam reunido, teimavam agora em separá-las. Para que cada uma cumprisse sua sina.

12. O pastor e a vaca

— Onde está aquela vaca? Como um bicho tão velho pode correr tanto?

Enquanto ia seguindo seu cão, um galgo cor de areia que farejava o ar seco da savana, o jovem nômade resmungava baixinho. Djedaro, era esse seu nome, trazia presa ao pescoço, por uma tira de couro, uma pequena flauta de marfim, seu bem mais valioso. Mas o dia não estava para música. Em toda a sua vida, nunca se afastara tanto do clã. Apesar do calor, carregava seu armamento completo: o arco com o estojo de flechas, a lança e um punhal de osso. Levava ainda uma corda e um odre cheio de água. Mais do que irritado ou nervoso, ele estava ficando com medo. Sentia um nó na boca do estômago. A culpa era dele e de mais ninguém. Se não encontrasse a Vaca Mãe, preferiria viver como um renegado a voltar de mãos vazias para o acampamento. O banho ritual do gado seria na próxima lua cheia, dali a cinco dias. Não podia desistir.

— Aquela vaca é esperta, vai ver que adivinhou o que a esperava e decidiu fugir. Mas tinha de ser logo na minha vez de tomar conta dela...

Após a cerimônia do banho, a Vaca Mãe

passaria embaixo de um arco de juncos floridos e seria homenageada por cada um dos membros do Povo do Boi. Por fim, uma procissão a levaria até o altar dos ancestrais, onde o chefe lhe tiraria a vida. O sacrifício de uma Vaca Mãe era um evento extraordinário: só acontecia quando o clã estava em grande perigo, como agora. O sangue do animal sagrado seria oferecido para chamar a chuva.

De repente, o cão saiu correndo e seu dono disparou atrás sem se importar com os espinhos que furavam suas velhas sandálias de couro. Encontrou o galgo parado diante de um buraco: uma toca de lebre. "Não tem culpa", pensou o rapaz. "É um cão muito novo, não tem malícia. O verdadeiro culpado sou eu. Eu, o filho do chefe."

Exausto, o rapaz procurou uma sombra para tomar fôlego e se orientar. Outro dia estava acabando, e sua busca não dera em nada. Precisava de um abrigo para passar a noite. Encontrou um oco de uma velha árvore. Enquanto juntava galhos para fazer uma fogueira, começou a rememorar os fatos que o haviam levado a estar sozinho no meio de um território inimigo, à mercê das feras.

Na manhã do dia anterior, Nessuq, chefe do Povo do Boi, mandara chamá-lo.

— Filho, chegou sua vez de cuidar da Vaca Mãe. Quero que a leve para Dangolo. Ele quer olhar para ela. Disse que é para fazer a pintura no rochedo sagrado.

Parecia uma tarefa tão simples... O rapaz se apressara em obedecer ao pai. Em vez de correr a savana atrás de reses desgarradas, como de costume, poderia passar o dia tocando flauta na companhia de Dangolo.

O velho, que morava apartado do resto do acampamento, era um flautista de primeira.

Djedaro, então, fora buscar o animal no cercado aos pés dos Três Irmãos, veneráveis baobás cujas silhuetas entrelaçadas dominavam a paisagem. Encontrara a Vaca Mãe ruminando ao lado de três bezerros magros. O resto do gado andava esparramado pela planície seca.

— Vim pegar a Vaca Mãe a mando de Nessuq — informara ele. Depois acrescentara as palavras rituais:
— Defendo a vida da Mãe com a minha vida.

Os dois meninos de guarda haviam aberto o cercado, afastando os galhos espinhentos para que o filho do chefe entrasse. A vaca olhara para ele, curiosa. Com a oferta de um pouco de água e um punhado de grãos, aceitara de bom grado a correia e mansamente deixara-se guiar pela trilha que levava à tenda de Dangolo, montada à sombra do rochedo das pinturas. O velho já os esperava:

— Seja bem-vindo, filho de Nessuq! Vamos beber o leite.

Para o Povo do Boi, o leite fermentado era bebida e alimento, sempre compartilhado com as visitas. Fabricado com o leite fresco posto a coalhar em sacos de pele, cada tenda tinha sua receita, acrescida de água ou mel. Para honrar seu anfitrião, Djedaro havia tomado de um gole só a bebida oferecida numa cabaça decorada.

— Obrigado, mestre. Trouxe-lhe nossa Vaca Mãe — dissera ao oferecer a correia do animal para o velho segurar.

Uma coisa um tanto estranha acontecera a seguir. Ignorando a correia na mão do rapaz, Dangolo pegara de volta sua cabaça e entrara na tenda. Reaparecera alguns instantes depois com outra cabaça, maior e cheia de leite até a borda, e a colocara diante da vaca. Após beber até a última gota, o animal levantara os olhos mansos e resignados para fitar o velho com interesse. Emocionado, as mãos trêmulas, Dangolo deixara-se cair ao chão, chorando. Na mesma hora, o garoto largara a guia para ampará-lo e a Vaca Mãe, dobrando as patas, devagar, sentara-se ao lado do ancião para lamber as suas lágrimas salgadas.

O rapaz, surpreendido pelo tamanho do afeto que existia entre os dois, compreendera que estava diante de uma despedida. Meio sem jeito, havia se afastado um pouco. Após o que lhe parecera uma eternidade, vira o velho mestre pôr-se de pé e, acompanhado pela vaca, ir até o rochedo de arenito. Lá, após estudar, sem pressa, a parede cor de mel, acabara escolhendo um lugar no alto, levemente saliente, ladeado por outras pinturas.

Depois, chegando mais perto, Djedaro tivera o privilégio de observar Dangolo retratando a Vaca Mãe. O branco do caulim e o preto do osso queimado, um pouco de manteiga para dar liga, a ponta dos dedos para espalhar as cores e os traços de um pincel improvisado com a ponta de um talo, era tudo de que precisava para o velho fazer sua mágica. A curva elegante dos chifres, o longo risco negro sobre a pelagem branca, o focinho altivo e delicado: era ela. Agora a Vaca Mãe viveria para sempre no mundo das figuras. Como uma grande deusa, ela dominava a cena: parecia que estava trotando, cercada por silhuetas menores de vacas e pessoas, como se guiasse o Povo do Boi inteiro.

Do que havia acontecido em seguida, Djedaro não conseguia se lembrar direito, por mais que tentasse. Ficara tão impressionado com a beleza e o poder da pintura que sentira uma vontade irresistível de tocar flauta. Quanto mais olhava para as figuras, mais empolgado ficava. Os sons dançavam dentro e ao redor dele. Nunca havia tocado tão bem. As cores e as formas vibravam de acordo com os graves e os agudos. Tudo parecia se mexer: o gado andava e mugia, as pessoas corriam, falavam, as mulheres riam, os cães latiam, o chefe dava suas ordens aos arqueiros e, na frente de todos, resplandecente e destemida, a grande Vaca Mãe guiava seu povo em busca de pastos eternamente verdes.

O rapaz acordara sob o sol a pino, meio tonto, a boca seca. A Vaca Mãe do mundo real havia sumido. O velho Dangolo dormia à sombra do rochedo das pinturas, tão profundamente que fora impossível acordá-lo. "Defendo a vida da Mãe com a minha vida." A frase ritualística ficara martelando em sua cabeça e só lhe restara partir em busca da fugitiva, sem dizer nada a ninguém, com suas armas e seu cão.

De tardezinha, Nessuq dera pela falta do filho e da vaca, mas não tinha quem soubesse informar o que havia acontecido. Fora procurar Dangolo, que lhe respondera que sim, a vaca viera trazida por Djedaro, e ele, Dangolo, mestre das figuras, recebera dos espíritos a inspiração para fazer a pintura da Vaca Mãe. Mas depois havia caído num sono tão profundo que não se lembrava de mais nada. Sem saber o que pensar, o chefe decidira confiar no filho e aguardar até o dia do sacrifício. Mal podia imaginar que o velho, vendo-se sozinho após a partida do chefe, começara a cantarolar baixinho enquanto desenhava mais duas figuras no rochedo: um jovem guerreiro carregando um arco e um pequeno galgo cor de areia, ambos correndo para alcançar a vaca sagrada. Porque o destino da Vaca Mãe ainda podia mudar, e a jornada de Djedaro estava apenas começando.

13. A Garota Espírito

A luz dourava a savana: mais um dia chegava ao fim. Deitada ao lado do fogo, Sumani cochilava. Havia caçado um filhote de facoquero para sua irmã humana e agora esperava a partilha. O guepardo-fêmea aprendera a gostar das chamas. Mantinham afastadas as sombras famintas que espreitavam na escuridão.

Com seu punhal de osso, Arinê retalhava o pequeno porco. Não ia poder guardar o couro, era uma pena desperdiçar, mas não sabia como prepará-lo. Contentou-se em separar os melhores pedaços: coração, fígado e pernis. O resto da carcaça voltou para o guepardo, que começou a devorar sua parte.

Antes de grelhar as porções de carne crua, a garota agradeceu a boa sorte na caçada jogando o coração do facoquero na fogueira e recitando a prece do caçador:

— Fogo que tudo devora, leve até a Grande Mãe o coração do seu filho. Possa ele renascer carne para nós!

Depois, pediu baixinho:

— Mãe que tudo vê, proteja Madih da loucura de Tarek. E proteja Zarg também…

Na mesma manhã em que a hiena decidira voltar às Falésias Vermelhas para descobrir o destino de

Madih, a jovem curandeira resolvera ir embora. Verdade que estava aos poucos se acostumando com a companhia (e o cheiro) de Zarg, mas o que poderia um guerreiro sozinho contra Tarek e seu bando? No entendimento de Arinê, a única forma de salvar a sua mestra era partir rumo ao sul em busca das nuvens.

A carne grelhava vagarosamente e o céu se enchia de constelações. A Grande Serpente Estrelada, mensageira das águas, piscava seus incontáveis olhos no negrume da noite, alheia ao sofrimento dos homens. Por três vezes a lua tinha engordado e afinado. Ainda assim, as manadas de nuvens continuavam escondidas em algum lugar. Inexoravelmente, o dia terminara sem relâmpago nem temporal. Nenhuma gota de chuva para refrescar a terra.

Era nessas horas que ela invejava Sumani: o guepardo aguentava dias e mais dias sem água, bebendo apenas o sangue fresco das suas presas. Arinê tentara imitá-la, engolindo um pouco de sangue do facoquero, mas tivera de cuspir, enojada. O odre que Zarg deixara com ela já estava murchando. Precisava encontrar logo outra nascente. Para enganar a sede e economizar água durante o dia, a caçadora de nuvens passara a chupar pedaços de resina doce ou pedrinhas redondas enquanto caminhava em busca de esperança.

No espeto, o fígado estava no ponto, tão suculento que, por um momento, a garota esqueceu do perigo e das privações, deleitando-se com o aroma, o sabor e a textura de cada bocado. Sem piscar uma única vez, os olhos dourados de Sumani vigiavam cada movimento de Arinê comendo. O felino crescia a cada dia e sua fome também. Da sua parte do porco deixara pouco mais do que os cascos e as presas. Começou a rosnar baixinho. Entendendo o recado, a garota pegou um dos pernis ainda meio cru e o atirou para sua irmã de quatro patas.

Ao passo que as duas terminavam de comer, o vento trouxe os ecos de uma flauta. Arinê fechou os olhos para ouvir. O lamento triste e belo falava de solidão, mas também de honra e coragem. A música parecia brotar sem esforço, um fluxo constante e harmonioso de sons ora graves e profundos como o respirar de um grande animal, ora vivos e agudos como gritos de pássaros. Ninguém sabia tocar assim nas Falésias Vermelhas. Quem era o flautista? Sem conseguir encontrar a resposta, Arinê acabou adormecendo, acalentada pela melodia. Deitada ao seu lado, com o focinho entre as patas, Sumani mexia as orelhas de vez em quando, tentando localizar a fonte do ruído estranho e fascinante.

Enquanto isso, em algum lugar da savana, o jovem tocador de flauta e seu cão cor de areia se preparavam para passar mais uma noite encolhidos no oco de uma árvore. Depois de vários dias andando e procurando, Djedaro já desconfiava que nunca acharia a Vaca Mãe. Não poderia voltar ao acampamento sem desonrar o pai. Pior, ele próprio poderia ser morto ou expulso do clã. "Defendo a vida da Mãe com a minha vida." O juramento ainda ecoava em sua mente. Seu destino estava selado. O pior é que até agora ele não entendia direito o que havia acontecido. Parecia coisa dos espíritos. Pensou na mãe e nos irmãos, nos amigos que não veria mais, e seus olhos se encheram de água. Mas o cansaço do dia o fez cair num sono profundo e a tristeza foi assombrar um outro alguém.

Ao amanhecer, Djedaro acordou com o galgo latindo. Descobriu duas aves empoleiradas na árvore acima dele. As plumagens escuras, os bicos grandes e pontudos e os calombos no alto da cabeça pertenciam a dois calaus, uma fêmea de garganta azul e um imponente macho com a garganta cor de sangue. Irritado com os intrusos, o casal começou a arrancar pedaços da casca e a soltá-los sobre o humano e o cão. Por causa do seu jeito altivo de caminhar em bando pela savana, os nômades acreditavam que os calaus eram mensageiros dos seus espíritos. Encontrá-los era um aviso: algo ia acontecer em breve. Se algo bom ou ruim, Djedaro não saberia dizer, mas resolveu ficar atento enquanto se afastava com o galgo, deixando a árvore para as aves sagradas.

Com a esperança de finalmente achar a Vaca Mãe, o rapaz retomou as buscas e caminhou por um bom tempo, até adentrar numa região de savana densa, um capinzal marrom ressecado e cortante, mais alto do que um homem, escondendo muitos arbustos espinhentos. Estava meio perdido, sem saber que rumo seguir, quando avistou um cupinzeiro gigante, que se projetava muito acima da vegetação intrincada. Djedaro foi até lá e escalou a enorme estrutura feita de barro vermelho e saliva de cupim. Do alto, enxergou uma inclinação do terreno que dissimulava um pequeno bosque de acácias verdejantes no fundo de uma depressão pontuada de rochedos. Na mesma hora, achou que ali poderia encontrar água. Uma revoada de passarinhos chamou a sua atenção: alguma coisa estava perturbando a paz do lugar. Seria a vaca? Resolveu descobrir o que era, mas sem se arriscar. Desceu do cupinzeiro, chamou o galgo para junto de si e, com uma tira de couro, amarrou seu focinho. Melhor prevenir do que remediar: o animal era jovem, poderia latir e denunciar a sua presença. Depois, fez um cafuné no cão, que o seguiu, silencioso e aborrecido.

Após pelejar para atravessar a vegetação densa e hostil, o pastor e seu cão chegaram à entrada do bosque. Agachado, Djedaro ficou espiando. Tudo estava muito quieto agora. Quieto até demais. De repente, algo felpudo e cheio de garras saltou em suas costas, derrubando-o no chão. Quando o rapaz abriu os olhos, um jovem guepardo grunhia para ele, as patas dele arranhavam seus braços, as presas buscavam seu pescoço. Querendo defender seu dono, o pequeno galgo rosnava e sacudia-se feito um demônio para se livrar da amarra que o impedia de morder e latir. Aproveitando um instante de descuido do felino distraído pelo cão, Djedaro tentou se livrar com socos e pontapés. Foi quando alguém gritou:

— Sumani!

No mesmo instante, a fera o largou e correu para dentro do bosque. Depois, aconteceu alguma coisa que Djedaro jamais esqueceria: ainda no chão, tentando refazer-se do susto, viu chegar uma moça, quase uma menina. Ao seu lado, o guepardo, caminhando feito um cão fiel! Os dois pararam na sua frente, a jovem fitando-o com atenção, enquanto acariciava as orelhas do seu animal de estimação. O galgo, em vez de latir, foi deitar-se aos pés da estranha, deixando que ela soltasse a tira de couro do seu focinho. Agradecido, lambeu sua mão. O felino parecia nem se importar mais com a presença dos estranhos. Após farejar o cão e dar uma olhada indiferente para o humano, foi-se embora.

Mais calmo com a saída do guepardo, Djedaro começou a reparar na aparência insólita da garota. Devia ser um pouco mais nova do que ele, ainda assim era mais alta. Andava descalça e seu cabelo volumoso, simplesmente amarrado no alto da cabeça, aumentava ainda mais o seu porte. Em volta dos ombros, usava um tipo de capa de juncos trançados. Carregava uma grande sacola do mesmo material, cheia de desenhos esquisitos. Da sua boca saíam sons incompreensíveis e melodiosos que só os bichos pareciam entender. Sua pele tinha a cor da noite, mas seus olhos eram claros e límpidos como a água. O que essa menina fazia, sozinha, no meio da savana? E se fosse algum ser sobrenatural, uma Garota Espírito?

Ao ver de perto os arranhões e as mordidas que o moço havia sofrido, Arinê respirou, aliviada. Nada muito grave. Quando quis saber dele onde doía, logo percebeu que ele não a compreendia. Fez um sinal para que não se levantasse e começou a procurar algum remédio na sua bolsa de curandeira. Por sorte, ainda tinha uma cabaça com um resto do unguento preparado para Zarg. Misturou um pouco de água para amolecer a pasta quase seca feita de argila branca e ervas. Uma vez na consistência certa, ofereceu o remédio ao rapaz, explicando com gestos onde ele devia aplicar para evitar a infecção. Mas ele não entendia nada, só ficava olhando com cara de bobo, como se ela fosse algum tipo de fantasma. Por fim, achou melhor passar ela mesma o remédio sobre as feridas. Ele logo compreendeu e ficou imóvel até ela terminar. Depois agradeceu levando a mão ao coração e inclinando a cabeça. Sentindo-se culpada pelo ataque de Sumani, a menina ajudou o jovem forasteiro a juntar seus pertences, espalhados durante a luta. Foi só então que Arinê descobriu que ele possuía uma lança, um arco e um punhal que por sorte não tivera tempo (ou presença de espírito!) para usar contra o guepardo.

Enquanto a garota, de repente muito preocupada, tentava avaliar se o desconhecido era amigo ou inimigo, viu uma pequena flauta de marfim caída no mato. Apontou o objeto para ele, perguntando se lhe pertencia. O rapaz sorriu, agradecendo muito e resolveu tocar, para ver se o instrumento não estava rachado.

Na mesma hora, Arinê reconheceu a melodia que ouvira na noite anterior e decidiu que alguém que tocava tão bem não podia ser assim tão ruim. Batendo a mão espalmada no peito, repetiu seu nome para que o rapaz soubesse que ela se chamava Arinê. Ele logo entendeu e depois a imitou para dizer que se chamava Djedaro. Ela ficou repetindo o nome dele até acertar a pronúncia, rude e arrastada. Ele então quis se apresentar de forma apropriada e recitou para ela a lista dos seus antepassados e os feitos guerreiros de cada um, a começar por Nessuq, seu pai. Arinê não compreendeu quase nada, a não ser que se tratava de algo muito importante para ele, então ficou ouvindo com todo respeito até Djedaro terminar. Depois pediu com um gesto de mão que ele e o cão a acompanhassem para dentro do bosque.

14. Renegados?

Após alguns dias passados no refúgio de Arinê, compartilhando a fogueira, a comida e a água, Djedaro já sabia que ela não era nenhuma Garota Espírito, apenas alguém que, como ele, estava à procura de algo. Enquanto Sumani caçava com seu novo comparsa, o cão cor de areia, os dois adolescentes tentavam conversar: perguntavam, apontavam, faziam mímicas, desenhavam no chão, faziam de tudo para se compreender e riam muito dos seus acertos e mais ainda dos seus enganos. Ajudado pelo ouvido musical, Djedaro aprendia depressa. Arinê tinha mais dificuldade em repetir as palavras do nômade, mas sentia tanta afinidade com ele que quase chegava a lhe adivinhar os pensamentos.

Até agora, os dois nem imaginavam que pertenciam a clãs inimigos. Muito pequenos na época da briga entre o Povo do Peixe e o Povo do Boi, ambos só conheciam dos fatos o que os adultos contavam. Ninguém dissera ao jovem pastor que havia uma garota com olhos cor de chuva nas Falésias Vermelhas, porque ninguém do acampamento nômade reparara na menininha Arinê. Os relatos do ataque, do incêndio e da fuga serviam de aviso aos jovens do seu clã para que evitassem os caminhos do norte. Nas Falésias Vermelhas, diziam os velhos, moram inimigos cruéis, adoradores de crocodilos gigantes. Quanto à protegida de Madih, ela pouco sabia sobre o Povo do Boi e por hora estava mais preocupada em escapar de Tarek e do seu bando. Ainda assim, guardava a vaga lembrança do esforço para alinhar com a sua mãozinha de criança pequena um seixo branco e redondo ao lado de outros seixos brancos e redondos sobre o túmulo de um crocodilo.

Se Arinê deduzira das mímicas de Djedaro que ele procurava um animal com chifres, ele por sua vez não sabia muito bem o que Arinê buscava. Para tentar explicar, ela apontava para a vastidão do céu azul e fingia chorar. Ou desenhava tracinhos no chão e repetia a palavra "água", que agora ele entendia. Estaria ela procurando pelo precioso líquido? Todo mundo procurava, o tempo todo. Pura sorte ela ter encontrado o bosque onde a água se escondia à sombra dos rochedos. Mais sorte ainda não ter sido atacada por leões. Os bandos de comedores de carne haviam seguido para o sul atrás dos comedores de grama, mas algumas feras velhas ou feridas continuavam a vagar por aí, perigosamente famintas. Djedaro prometeu a si mesmo que, de agora em diante, ficaria ao lado de Arinê para protegê-la.

O tempo foi passando e, a cada dia, a misteriosa menina o surpreendia mais: sabia curar gente e falar com os animais. Aos poucos, uma ideia começou a germinar em sua mente: levar Arinê para o acampamento do Povo do Boi. Falhara em encontrar a Vaca Mãe, mas voltaria com a menina curandeira. Bem sabia que não havia futuro longe do clã: isolados, os renegados não sobreviveriam por muito tempo. Mesmo que ele fosse castigado e seu pai desonrado, Arinê teria uma chance, seria acolhida, protegida. Uma noite, acordou com ela se debatendo aos gritos de: "Madih", "Madih". Djedaro se aproximou, vigiado pelo guepardo. Para afugentar o pesadelo que atormentava a menina, sentou ao seu lado e ficou cantarolando como sua mãe fazia quando ele era pequeno. Arinê acabou se acalmando.

Na manhã seguinte, perguntou-lhe o que era "Madih", e ela respondeu, com a voz cheia de tristeza: "maa", mãe. Dito isso, começou a empacotar suas coisas e amarrou Sumani para impedi-la de ir caçar. Foi até os rochedos e demorou um bom tempo enchendo o odre na água rasa. Depois amarrou o odre no lombo do guepardo e viu pelo canto do olho que Djedaro estava pronto para seguir viagem também. Sorrindo sem dizer nada, Arinê olhou para o céu vazio à procura de nuvens e decidiu continuar rumo ao sul, seguida por Sumani e o cão cor de areia. O rapaz respirou, aliviado: aquela era a direção do acampamento nômade.

Passaram o resto do dia caminhando sobre um rio seco. O jovem, acostumado a pastorear na planície, mostrava a Arinê onde a água se escondia. Rochedos, revoadas de pássaros, certos tipos de árvores, eram esses os sinais. Debaixo da areia seca do leito vazio, havia lugares onde o solo continuava úmido. Bastava cavar o suficiente e a água brotava para matar a sede dos quatro viajantes.

No caminho de volta para seu clã, Djedaro foi ficando a cada dia um pouco mais inquieto, e Arinê, que percebia que algo o preocupava, não conseguia atinar o que era. Uma tarde, viram um pequeno bando de pelicanos cruzando o céu. "O Grande Lago não deve estar muito longe", pensou ela. A presença dos pássaros indicava que em algum lugar um trecho mais fundo do lago ainda resistia. O rio seco que eles seguiam acabou desembocando numa região inóspita, uma grande área pedregosa que já estivera recoberta pelas águas do lago, agora o lar de cobras e escorpiões. Sumani e o cão tentavam, sem sucesso, caçar os abutres reunidos em volta das poças cheias de insetos, águas escuras e peixes moribundos. Apesar do calor intenso, Djedaro não deixou que parassem até terem deixado para trás aquela região desolada.

Ao final do dia, exaustos, encontraram refúgio sobre uma pequena elevação, ao pé de um baobá. Ao vê-los chegar, uma família de macacos-verdes fugiu gritando, não sem antes atirar nos intrusos uma saraivada de frutos maduros. Felizes com a sorte inesperada, os viajantes juntaram e abriram as grandes bagas, separando das sementes a polpa branca e agridoce para degustá-la embebida em água. De barriga cheia, Arinê logo adormeceu ao lado de Sumani. Djedaro, que montava guarda com o cão cor de areia, começou a raciocinar. Amanhã entrariam nas terras do seu povo. Decidiu não se revelar antes de falar com Dangolo. Quem sabe ele aceitaria ajudá-los? O velho era justo e tinha bom coração. Mesmo que o entregasse para ser julgado diante do conselho dos anciões, tomaria a menina curandeira sob a sua proteção e apenas isso importava agora.

Um pouco antes do amanhecer, Djedaro

acordou Arinê e com gestos pediu-lhe que ficasse em silêncio e arrumasse suas coisas. Quando ele quis amarrar o focinho do cão cor de areia, Arinê o impediu. Falando baixinho com o cão, fez com que o animal ficasse quieto ao lado dela, o rabo entre as pernas. Chamou Sumani, prendeu o odre em suas costas, e depois o grupo saiu andando, guiado pelo rapaz. Foram evitando as trilhas que levavam ao acampamento, avançando pela vegetação mais alta que margeava os pastos. Por sorte, não encontraram ninguém. Arinê se deu conta de que a área era habitada quando viu ao longe a fumaça de fogueiras. Ao final da manhã, pararam no alto de um montículo coberto por arbustos. Djedaro fez uns sinais para que ela se escondesse ali, com Sumani e o cão, antes de descer, sozinho, até uma tenda montada ao pé de rochedos.

Do seu esconderijo, ela observou o rapaz chamar até que um velho surgisse da tenda. Os dois se cumprimentaram longamente, com muitos abraços e gritos de alegria, e então Djedaro começou a gritar seu nome e a acenar para que ela viesse até eles. Enquanto ia chegando, outra pessoa saiu da tenda e Arinê mal pôde acreditar no que via: era Madih, sua Madih! A menina gritou de felicidade e correu a abraçar a velha curandeira. O guepardo e o cão cor de areia seguiam a distância, meio alegres e meio ressabiados, curiosos para conhecer a causa de tanta comoção.

— Arinê, Arinê! Achei que nossos caminhos nunca mais se cruzariam.

— Madih, a senhora está viva! Como escapou dos

homens de Tarek? Zarg me contou que era prisioneira... A rede...

— Eu tinha ido buscá-la... Zarg entendeu tudo errado.

— E Tarek?

— Tarek morreu... Depois eu conto. Mas antes quero que conheça Dangolo.

Madih, falando na língua dos nômades, chamou o velho que conversava com Djedaro. O pequeno Dangolo se aproximou, olhou a recém-chegada da cabeça aos pés e, colocando a mão sobre a cabeça dela, fechou os olhos por um instante. Depois disso, comentou alguma coisa com Madih e sorriu para Arinê, beliscando de leve a sua bochecha.

— O que ele disse, Madih?

— Ele disse que você tem poder, Arinê. Que um dia você será uma grande curandeira.

Todo mundo, gente e bicho, foi se abrigar do sol debaixo da tenda. Os humanos compartilharam o leite e depois os dois velhos quiseram saber por qual prodígio os caminhos de Djedaro e Arinê haviam se cruzado na imensidão da savana. Os adolescentes explicaram, cada qual na sua língua, o incidente com Sumani no bosque e depois tudo o que havia acontecido no caminho de volta até aquele momento. Com sua curiosidade satisfeita, a velha vidente do Povo do Peixe e o mestre das tradições do Povo do Boi se entreolharam. Madih pediu aos dois jovens que descansassem antes de se apresentarem diante de Nessuq e do clã. Sem dizer mais nada, ela e Dangolo saíram da tenda e ficaram um bom tempo cochichando do lado de fora. Depois, Dangolo foi-se embora e Madih voltou à tenda para conversar um pouco mais com os recém-chegados. Enquanto respondia às suas perguntas, Djedaro estava perplexo. Dangolo não o questionara nem uma única vez sobre a Vaca Mãe…

Deitados ao lado de Arinê, Sumani e o cão cor de areia mal prestavam atenção nos humanos, muito ocupados em lamber uma cabaça cheia de leite fermentado, servida pela velha que Arinê parecia tanto gostar e que cheirava tão bem.

15. O rio que nunca seca

Enquanto Madih trançava o cabelo de Arinê, rezava baixinho para a Grande Mãe, agradecendo pela volta da menina. Ela e o rapaz (que parecia gostar muito dela) haviam retornado no momento certo. Até agora, a velha vidente não conseguira convencer Nessuq a se aliar ao Povo do Peixe. Nem a oferta de sal nem as suas súplicas haviam sido suficientes para fazê-lo perdoar o ataque traiçoeiro de Tarek. Mas com a chegada inesperada dos dois jovens e o plano maluco de Dangolo, surgia finalmente uma esperança.

É preciso dizer que o tempo era o pior inimigo da velha curandeira e do seu povo. Já fazia mais de uma lua e meia que ela tinha saído das Falésias Vermelhas com Zarg, alguns homens da Irmandade do Crocodilo e um carregamento de sal. Guiado pela hiena, o grupo havia procurado por Arinê em volta do acampamento abandonado em vão. Sem desanimar, Madih decidira continuar em frente para negociar com os nômades uma aliança ou pelo menos um direito de passagem. Após uma viagem cansativa e cheia de perigos, havia encontrado o Povo do Boi perto da margem sul do Grande Lago. Bastara olhar para o rebanho magro e as crianças abatidas para ver quanto sofriam com a seca. Como Madih já imaginava, a acolhida fora mais do que fria. Entretanto, ainda se lembravam dos seus serviços de curandeira e ela havia sido aceita no acampamento como hóspede de Dangolo. Mas Zarg, seus homens e o carregamento de sal estavam sendo mantidos fora dos limites do acampamento, sob a estreita vigilância de arqueiros.

Enquanto a situação não se resolvia, Madih passara seus dias em conversas com Dangolo. Ela havia falado da primeira vidente e do poder da Grande Mãe, e o mestre das tradições havia retribuído mostrando o rochedo das pinturas e explicando as crenças do seu povo. Contara que no começo do mundo as vacas viviam no fundo de uma lagoa cuja dona era uma serpente, um poderoso Espírito da Água. Um dia, a serpente confiou a guarda do seu gado ao Povo do Boi e desde então os nômades tomavam conta das suas vacas com amor e dedicação. Tanto que quando um jovem nômade queria elogiar sua namorada dizia que ela tinha o porte altivo e os olhos ternos de uma novilha. Madih havia achado graça na comparação, mas não dissera nada.

Uma tarde, vendo que ela admirava a pintura de uma vaca que parecia trotar diante dos seus olhos, o velho havia perguntado se era capaz de guardar um segredo. Madih fizera que sim com a cabeça e ele começara a explicar que, às vezes, no rebanho, nascia uma fêmea que carregava no corpo o sinal da serpente. Era chamada de Vaca Mãe. Sua pelagem devia ser inteiramente branca, a não ser pelos flancos riscados da base do pescoço até a ponta das ancas por uma linha preta e ondulante. Dito isso, havia apontado para a vaca pintada no rochedo, sorrindo misteriosamente. Após uma olhada pelos arredores para verificar que estavam sozinhos, pegara Madih pela mão e, contornando o paredão das pinturas, entrara com ela em um labirinto de pedras enormes, fruto de antigos desmoronamentos. Por uma passagem estreita e cheia de bifurcações, haviam chegado a uma minúscula arena a céu aberto, suficiente para acomodar... uma Vaca Mãe! O belo animal viera cumprimentar seu velho amigo e olhara Madih com atenção.

Então, Dangolo revelara à Madih o segredo que o atormentava. No dia em que Nessuq anunciara que a vaca seria morta para fazer chover, o velho mestre decidira salvá-la. Sacrificar a Vaca Mãe era entregar o tesouro mais precioso do clã, e para que seu espírito encontrasse o caminho até a morada da serpente da chuva, seu corpo precisava ser desmanchado. Sangue, carne e vísceras: compartilhados entre todos para dar coragem. Nada seria desperdiçado, pois tudo nela era sagrado: cascos, chifres, dentes e ossos seriam transformados em amuletos e instrumentos musicais. Dos tendões, fariam cordas para os arcos, e dos pelos da cauda, uma braçadeira para o chefe. Por fim, sobre o couro curtido, ele, Dangolo, seria encarregado de pintar a história da Vaca Mãe, do dia do seu nascimento até o dia da sua volta à morada do Espírito da Água. Versos e canções seriam inventados para honrar o animal sagrado, que viveria para sempre na memória do Povo do Boi.

Mas Dangolo havia escolhido desobedecer.

Enquanto confessava seu crime a Madih, ia se sentindo mais leve. Para salvar sua amiga de quatro patas, drogara o leite de Djedaro, que caíra no sono enquanto ele conduzia a Vaca até o esconderijo. Depois de voltar, fingira dormir profundamente, deixando que o filho do chefe saísse em busca do animal. O que ele não esperava era que Djedaro continuasse a procurar por tanto tempo. A cada dia que passava, temia que o rapaz estivesse ferido ou até morto. Cheio de remorso, quisera várias vezes entregar-se a Nessuq, para receber o castigo que sabia merecer. Mas a cada poente uma vaga esperança lhe dizia para aguardar mais um dia. O fim desse tormento chegara com o reaparecimento de Djedaro e Arinê.

Logo mais, todos eles iriam se apresentar na frente do clã. Só faltava Dangolo. Por que ele demorava tanto? Pensativa, Madih se perguntava se ele ia conseguir salvar a doce Vaca Mãe.

Quando Nessuq ouviu o povo gritando alegremente, saiu depressa para ver o que acontecia. Não acreditou no que seus olhos viam: seu filho voltara trazendo pela guia um guepardo que caminhava calmamente ao lado do cão cor de areia! Atrás dele, vinham Madih e uma jovem moça de cabelo trançado, as duas vestindo capas de curandeira. Fechando a marcha, vinha o velho Dangolo, montado... sobre a Vaca Mãe!

Djedaro parou diante da tenda do pai e começou a falar:

— Chefe Nessuq, eu prometi defender a vida da Vaca Mãe com minha própria vida. Quando ela desapareceu, fui buscá-la. Não a encontrei, mas estou trazendo para você uma jovem curandeira que fala com os animais.

Nessuq, tentando manter sua dignidade de chefe ao rever o filho que acreditava ter morrido, respondeu com a voz rouca de emoção:

— Estou vendo que a Vaca Mãe está de volta; Djedaro, portanto, você não será castigado. O Povo do Boi fica feliz com a presença de mais uma curandeira, tão jovem e com um talento tão raro. Como você se chama, menina dos olhos cor de chuva? Qual é o seu clã e o que veio fazer aqui?

Madih traduziu a pergunta e Arinê respondeu:

— Eu era uma criança doente e sem nome e hoje sou Arinê, a pescadora. Quem me deu esse nome foi Madih, a vidente da chuva das Falésias Vermelhas, que me curou e me adotou. Venho sonhando com um grande rio, noite após noite, e hoje, ao procurar o caminho das nuvens, reencontrei a minha mãe Madih.

Emocionada, Madih traduziu as palavras da menina para o chefe, que ficou surpreso, querendo saber que grande rio era aquele. Mas antes ele tinha um assunto mais importante a resolver diante do clã reunido. Foi andando até Dangolo, que ainda estava montado no lombo da Vaca Mãe.

— Se Djedaro disse que não encontrou a Vaca Mãe, o que ela está fazendo entre nós?

Sem se abalar, o velho respondeu:

— Hoje de manhã, enquanto Madih e eu estávamos festejando o retorno do seu filho e da menina

Arinê, ouvi de repente um mugido e reconheci imediatamente a voz da nossa Vaca Mãe me chamando. Corri e lá estava ela, diante do rochedo das pinturas.

— Como é possível? Desapareceu e depois de tanto tempo reaparece do nada?

Dangolo, então, continuou:

— Eu também não saberia dizer ao certo, mas acho que tenho uma ideia.

Nessuq estava ficando nervoso com a calma do velho, que parecia querer tirá-lo do sério:

— Explique-se melhor Dangolo, ou vou achar que você tem culpa nessa história toda.

— Foi por causa da minha pintura.

— Como assim, da sua pintura?

— Minha pintura ficou tão boa que, quando a Vaca Mãe olhou para ela, ela gostou e foi para o mundo das pinturas, onde se esqueceu de nós. Depois, quando ouviu as vozes de Djedaro e de Arinê, ela ficou curiosa e voltou. Foi isso que aconteceu.

Dangolo era conhecido por ser um grande pintor e um flautista sem igual, mas também um mentiroso descarado quando lhe convinha. Nessuq preferiu não insistir em público, para não piorar a situação. Afinal, tinha seu filho de volta e a Vaca Mãe também. Só não sabia mais o que fazer com ela. Percebendo a sua hesitação, Madih tomou a palavra:

— Chefe Nessuq, foi a Grande Mãe que juntou Djedaro e Arinê. A volta da Vaca Mãe é outro sinal. Para nos mostrar que o Povo do Boi e o Povo do Peixe precisam um do outro para sobreviver. Nossos povos já foram mais do que aliados, foram amigos. Tarek, o homem que tanto mal causou, está morto. Nosso verdadeiro inimigo é a seca. Vi a magreza das suas crianças: elas estão sofrendo tanto quanto as nossas.

Madih parou um pouco para ver o efeito das suas palavras. Todas as mulheres estavam prestando atenção. Ela continuou:

— Chega de sacrifícios. O fato é que as nascentes das Falésias Vermelhas estão secando e logo mais será a vez do Grande Lago, que elas alimentam. Só queremos encontrar um novo lar, na beira do grande rio que nunca seca, o rio que Arinê vê em seus sonhos. Ele existe e, se as manadas dos animais selvagens o encontraram, podemos encontrá-lo também. Meu clã oferece o seu sal, as suas curandeiras e a força de toda a sua gente. Mas precisamos de ajuda para transportar os velhos e os enfermos na grande viagem, de aliados para atravessar os territórios inimigos. O que o chefe Nessuq responde ao Povo do Peixe?

Nessuq tinha de reconhecer que a velha Madih sempre fora uma pessoa boa e sensata. Sem sal e com o pasto secando, o rebanho andava enfraquecido, o leite era pouco e as crianças tinham fome. Mais cedo ou mais tarde, eles teriam de procurar outro lugar, atravessando terras desconhecidas sem saber o que esperar. Então, o chefe respondeu:

— Madih disse a verdade, dois povos unidos são mais fortes. Mas antes de começar a grande jornada, um grupo de batedores, guerreiros escolhidos entre os dois clãs, partirá para descobrir o caminho até o rio que nunca seca. Enquanto isso, Madih e seus homens voltarão às Falésias Vermelhas, acompanhados por nossa tropa de bois, para trazer todo o sal que puderem carregar e ajudar na mudança do Povo do Peixe; pois, quando secarem de vez as suas nascentes, nossos aliados virão se instalar junto a nós no acampamento e aguardarão conosco a volta dos batedores.

E foi assim que os dois povos se reconciliaram. Quando viu regressar a curandeira com seus novos aliados, o velho Medaq ficou muito satisfeito. Com o seu maior desejo realizado, podia morrer em paz. Pouco tempo depois, despediu-se deste mundo nos braços de Madih, dizendo que esperaria por ela do outro lado. Foi a última alma a ser enterrada nas areias das Falésias Vermelhas, pois o momento de abandonar a aldeia havia chegado. A tropa de bois de carga emprestada por Nessuq foi organizada para transportar as reservas de água e de comida, as crianças pequenas e os doentes. Mas a maioria dos aldeões seguiu a pé, por dias a fio debaixo de um sol inclemente. Liderados por Madih, que procurava encorajá-los, eles finalmente alcançaram a margem sul do Grande Lago, onde o Povo do Boi os esperava. Para firmar a nova aliança, casamentos foram acertados entre os dois clãs. E, apesar da escassez de comida, uma pequena cerimônia aconteceu, com música, dança e distribuição de leite fermentado e mingau de peixe seco, sob as bênçãos de Madih, Dangolo e da Vaca Mãe.

Muito longe dali, viajando por terras desconhecidas no lombo de um boi, Arinê meditava. Na sua mão, o amuleto de Misa, que Madih lhe havia confiado. Fora pouco antes da anciã voltar para as Falésias Vermelhas, quando Arinê já estava de partida com o grupo dos batedores. "Para dar sorte", dissera-lhe a velha curandeira, com um brilho nos olhos. Uma vez mais, o destino as havia separado. Nessuq apressara a saída da expedição, prevendo dificuldades para abastecer os dois clãs com o que restava de água no Grande Lago. A despedida havia sido há muitas luas e, acima da sua cabeça, o céu continuava terrivelmente azul e o calor insuportável. Ao seu lado, Djedaro tocava flauta para espantar o desânimo e as mutucas. Em volta deles, os companheiros de tropa seguiam a pé ou montados em seus bois: homens da Irmandade do Crocodilo que a tratavam por "irmãzinha" e arqueiros do Povo do Boi que a chamavam de "mestra dos animais". Apesar do cansaço, da saudade e do medo, ninguém se queixava. O fiel Zarg caminhava na frente, sempre sozinho, atento aos rastros de animais e inimigos. Na retaguarda, Sumani e o cão cor de areia deviam estar caçando.

O passo lento do grande boi vermelho embalava os pensamentos da garota. O que a aguardava ao fim do caminho? Encontraria o grande rio? Sentia falta da companhia de Madih. Ela se perguntava quanto tempo restava antes que a velha vidente partisse para o outro mundo. Afinal, até os baobás acabam morrendo um dia... Arinê, a pescadora, fechou os olhos e começou a rezar em silêncio.

Grande Mãe, mostre-me o caminho até o país verde povoado de elefantes, onde o tempo da chuva faz transbordar o rio que corre em meus sonhos, o rio que nunca seca.

Em algum lugar ao Sul, uma ave piou e outra respondeu. A garota levantou os olhos e interrogou o céu. Começou a rir, um riso solto e cheio de lágrimas salgadas: uma pequena nuvem branca e solitária flutuava além do horizonte.

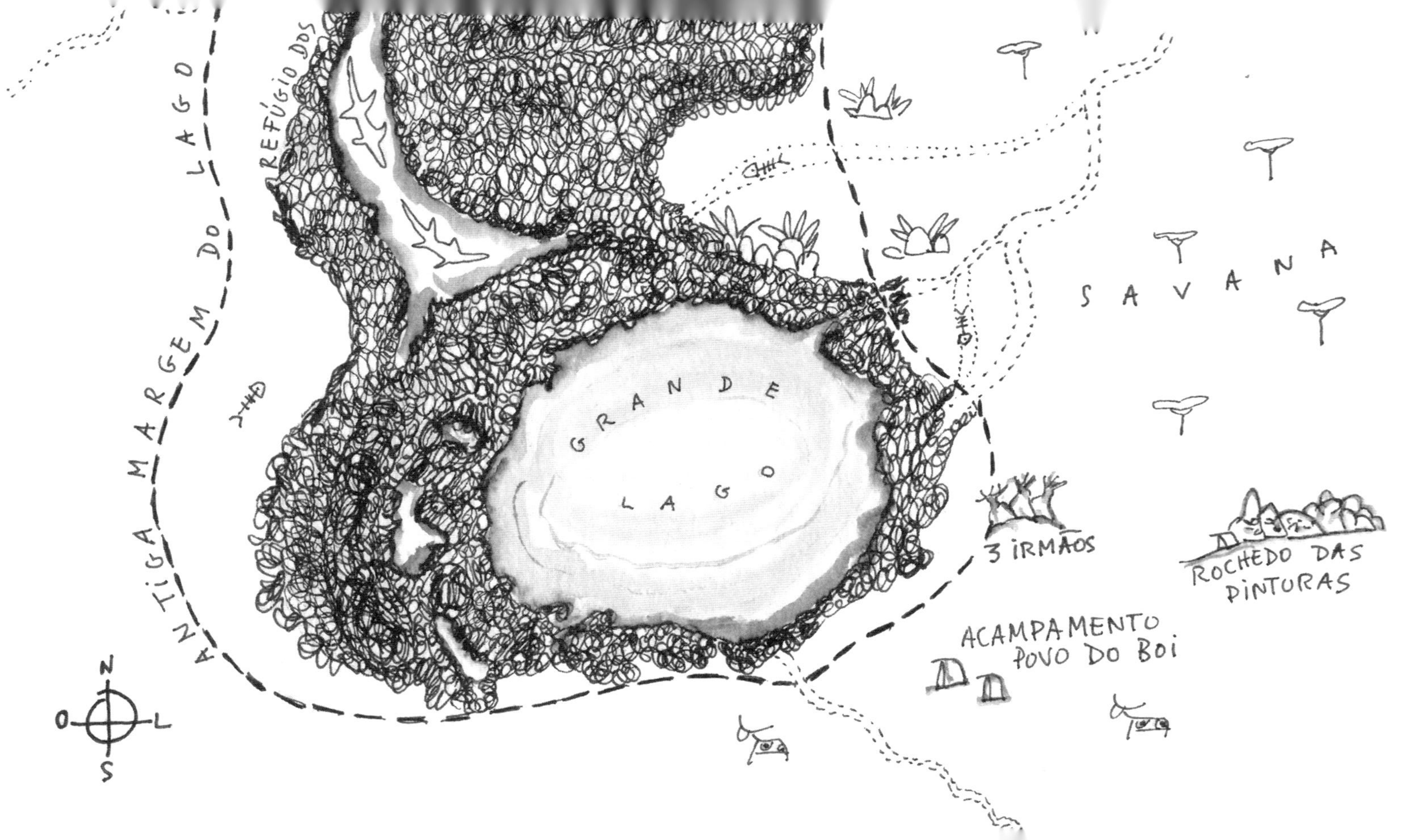

ANTIGA MARGEM DO LAGO
REFÚGIO DOS
GRANDE LAGO
SAVANA
3 IRMÃOS
ROCHEDO DAS PINTURAS
ACAMPAMENTO POVO DO BOI
N
O
L
S

SERRA NEGRA
SAL
SANTUÁRIO
RIO SECO
TÚNEL
CROCODILO
FALÉSIAS VERMELHAS
TARTARUGA
MONTANHA DA LUA
PRAIA
FLORESTA DE PEDRA
CAVERNA
PEIXE-LAMA
TOCA
MAR DE CAPIM AMARELO
ANTIGO ACAMPAMENTO
ÁGUA

16. Algumas palavras da autora

Em 2005, durante uma excursão ao sul do Marrocos, subi no lombo de um camelo e fui passear sobre as dunas de Tinfou, cujas areias vermelhas marcam o início do Saara. De volta ao Brasil, comecei a reparar: tanta aridez no deserto e aqui, gente lavando a calçada com água potável! Resolvi, então, escrever uma história sobre a água e o homem. E me lembrei do Saara verde. Pesquisando as obras de arte realizadas pelos seus antigos habitantes, encontrei uma preciosa fonte de inspiração. Um exemplo: as ilustrações abaixo se baseiam nas **pinturas rupestres** encontradas em sítios arqueológicos do maciço do **Tassili n'Ajjer**, na Argélia. Elas pertencem a um estilo chamado **bovidiano**, porque foram feitas por pastores de gado. Pequenas e cheias de movimento, guardam muitas informações sobre o modo de vida dessa gente e me ajudaram a imaginar o cotidiano do Povo do Boi.

Já as ilustrações acima foram inspiradas por grandes gravuras rupestres representando animais ligados à água. Os arqueólogos acreditam que essas gravuras na pedra são anteriores às pinturas do estilo bovidiano e que teriam sido feitas por povos que viviam da caça e da pesca, durante um período em que havia fartura de água no Saara. A imponência dos bichos retratados parece indicar que eles eram admirados, talvez até cultuados pelos homens daquela época. A representação do crocodilo me deu a ideia de um deus-crocodilo e, se você já terminou de ler este livro, vai lembrar da importância do hipopótamo e do elefante no enredo.

Mais incrível é pensar que, sem todas essas pinturas e gravuras, provavelmente nem saberíamos que algum dia o Saara, esse imenso deserto, já foi verde.

17. Fontes pesquisadas pela autora

O amuleto da chuva é uma obra de ficção, porém fiz uma ampla pesquisa de textos e imagens para tentar recriar a vida cotidiana no Saara verde em torno de 6 mil anos atrás.

A seguir, algumas das fontes mais significativas:

ADLER, Alfred. L'animal dans les cultures d'Afrique noire. *Catálogo da exposição "Animal"*, Musée Dapper, Paris, p. 59-86, out. 2007- jul. 2008.

AFRICAN Rock Art Image Project. Disponível em: <http://africanrockart.britishmuseum.org/#/>. Acesso em: 31 jan. 2017.

GWIN, Peter. Tribos perdidas do Saara verde. Revista **National Geographic Brasil**. São Paulo, p.125-141, set. 2008.

HAMPÂTÉ BA, Amadou; DIETERLEN Germaine. Les fresques d'époque bovidienne du Tassili N'Ajjer et les traditions des Peul: hypothèses d'interprétation. **Journal de la Société des Africanistes**. Paris, v. 36, f. 1, p. 141-157, 1966.

LE QUELLEC, Jean-Loïc. Périodisation et chronologie des images rupestres du Sahara central. **Préhistoires Méditerranéennes,** França, n. 4. Disponível em: <http://pm.revues.org/715>. Acesso em: 31 jan. 2017.

LHOTE, Henri. **À la découverte des fresques du Tassili**. França: Arthaud, 1958.